息

一つの決断

トーマス・ベルンハルト

今井敦 訳

松籟社

Der Atem

by

Thomas Bernhard

By arrangement through Meike Marx Literary Agency, Japan

Translated from German by Atsushi Imai

息　——一つの決断——

人間たちは、死と悲惨と無知には克てなかったから、幸せでいるため、
それらを考えないことに取り決めた。

パスカル

真実と明瞭さを旨としてこれから記していくことになる様々な出来事が起こったあと、当時十八にもならない私がすぐに悟ったのは、祖父が急な病を得て、私たちの住む建物からほんの数百歩しか離れていない病院に入ったあと、私自身病に倒れたのは、まさに当然の帰結だということであった。思えば、今もありありと目に浮かぶ。祖父は、占領軍のカナダ人将校から譲りうけたダークグレーの冬外套を着て、まるでいつもの散歩に出かけるように、元気よく大股で、杖で拍子をとりながら、祖父自身の部屋の窓の外を通り過ぎて行った。その内側から私は、自分が本当に愛しているたった一人の人間である祖父が、この散歩を通じてどこへ連れて行かれるのか、知る由もなく、それでも祖父との別れのあと、間違いなく悲しい、憂鬱な気持ちと心持ちで、それを眺めていたのだ。この光景は、私にとって二つとないものだ。祖父は、ザルツブルクの名の知れた内科医から、詳しい説明はなく、ただ「気になること」とだけ言われた事象ゆえに、入院した上での検査、場合によっては、ちょっとした外科的治療が必要だと宣告され、州立病院に入るよう促されて、ある土曜日の午後、隣にあった青物屋の塀の向こうに姿を消したのであった。きっと私は、自分ではっきり分かっていたのだ。この瞬間が、私たちの存在の決定的転換点となることを。長いあいだ病を病として受け入れず、それゆえにまた完治することもなかった私自身の病気が、再び、それも愕然とするくらいに激しく、突然、現れた。高熱を発し、同時に痛いほどの不安に苛まれて、祖父が入院した翌日にはもう、起きて仕事に行くことができなくなった。私は、「祖父の部屋」と呼ばれる部屋に移ってよいことになった。それまでは、住居が狭いのと、ここに詳しくは書けない、私自身よくは知らない家庭の事情ゆえに、玄関を入ってすぐの廊下にベッドを置いて寝ていたのだが、私の様子を見ただけで、部屋に移ることは絶対に必要で、当然と思われたのだろう。こうして私は、祖父の部屋をこれまでになく正確に、隅ずみまで観察することができたし、祖父のベッドに横たわって体を伸ばし、祖父が生きていくために必要とした一つ一つの物を、長いこと、いや、休みなくずっと検分することができたのだ。それらに親しむことは、私にはとても有益だった。苦しくなったとき、不安が大きくなったときにはよく、廊下にいることが物音で分かった母か祖母を、部屋に呼び入れた。二人は、家の様々な仕事で手いっぱいだったし、その上、自分の夫であり父である祖父が入院したことで、不安と心配の只中に突き落とされていたから、必要以上に何度も私から呼ばれること、祖父の部屋に、そこで寝ている私のもとに呼び付けられることで、張りつめていた神経を逆なでされるように感じたのかもしれない。突然、私が間断なく「お母さん」「お祖母さん」と呼ぶことを禁じ、私のことを「仮病使い」だと言い始めたのだ。不安と心配が昂ずるあまり、二人は、私が完全に意図して悪意から自分たちを苦しめている、と言うのであった。確かにそれまでの私は、二人にそう言わせる要因をおりおり作ってはきた。とはいえ、このとき本当に深刻な、まもなく明らかになるとおり、命の危険に晒されていた私は、深く傷つかずにはいなかった。その後、何度となく母と祖母を呼び、来てくれるように頼んだが、二人はもう祖父の部屋に入っては来なかった。二日後、私は、祖父が数日前から入院していた同じ病院で意識を取り戻した。母と祖母は、祖父の部屋で気を失っていた私を発見し、びっくりして医者を呼んだのだが、あとで母から聞いたところによると、やって来た医師は二人を叱責したうえで、夜中の一時ごろ、私を病院に運ばせたのであった。ポドラハが営む食料品店の倉庫の前で、雪の降りしきる中、数百キロものジャガイモをトラックから荷下ろしした際に罹った感冒、数ヶ月のあいだ無視し続けてきた風邪が、今や重篤な、「湿性肋膜炎」と呼ばれる症状となって現れ、このあと何週間にもわたってずっと、ほんの数時間ごとに二、三リットルにもなる黄色っぽい灰色の滲出液を生み出した。心臓と肺は必然的にその影響を受け、体全体が、ごく短時間のうちに極めて危険な状態にまで衰弱していったのだ。病院に運び込まれたあと、すぐ穿刺《せんし》がなされた。いわば最初の救命措置として、黄色味を帯びた灰色の滲出液が三リットル、胸郭から吸引された。だが、この穿刺のことはあとだ。私が目を覚ました、つまり意識を回復したのは、一部が丸天井で覆われた巨大な病室だった。そうした大病室は複数あって、そこには、元は白塗りだったが何年何十年と経過するうち、角や端から塗装が剝がれすっかり錆びついた鉄のベッドが、二十から三十も隙間なく置かれていたので、体を器用に使い、且つ残酷でなければ、あいだを通っていくことはできなかった。私が目を覚ました大病室にはベッドが二十六台あって、そのうち十二台ずつが、向かい合った両側の壁にくっつけるように置かれ、そうやって二列のベッドのあいだにできた中央通路に、さらに二つのベッドが置かれていた。この二つには、高さ一・五メートルほどの格子柵が付いていた。とはいえ、病室で目を覚ましたときに私が認めたのは二つのこと、自分が窓のそばのベッドに、真っ白な丸天井の下に横たわっているということのみだった。意識を回復してから数時間、視線はこの丸天井に、少なくとも丸天井の一部に貼り付いていた。病室のあちこちから、老いた男たちの声が聞こえてきたけれども、衰弱がひど過ぎて頭を動かすこともできない私は、その姿を見ることができなかった。初めて穿刺に連れて行かれたときにも、もちろん、まだ病室全体の大きさと醜さには気づかなかった。知覚できたのは人々と壁の影、人々と壁に付随する物の影であり、人々と壁と物にまつわる音だった。要するに、聖職者でもある看護婦たち、彼女らと同じく白い服を着た看護士たちに助けられ、大病室を通り抜けたとき、私は、夥《おびただ》しいペニシリンとカンフル注射のために、知覚力が最低レベルまで引き下げられ、実際、初めに比べれば苦しさも耐えられるというか、むしろ心地よい状態になっていた。あらゆる方角から手が、数えきれないほどに思われた手が、伸びてきた。手そのもの、手に属している人たちの姿は見えなかったけれど、私をベッドから持ち上げて、担架に乗せ、引っ張り、押して、厚い毛布にくるみ、そのあと、すべてはごくぼんやりと不鮮明にしか思い出せないけれども、多くのうめき声が溢れる大病室を抜け、廊下に運び出された。開《あ》いた、あるいは閉じたドアの向こうに数千とまではいかなくとも数百の患者が詰め込まれている、無限に多くの病室が連なる廊下、私がすっかり体のバランスを失くしたほどに長い廊下を通って、狭く、殺風景な、灰色の、救急治療室と思われるところに運び込まれた。そこでは数人の医師と看護婦が働いていて、彼らの話の内容、一つ一つの語、呼び声の意味は理解できなかったが、とにかく間断なく話がされ、繰り返し叫び声があがっているのであった。そのほかに思い出されるのは、私の担架が置かれたあと、ドアのすぐそばの、頭をすっぽり包帯で覆われた老人が寝ている担架の横で、幾つもの医療機器が突然、落下したことだ。金属製のバケツが恐ろしい音を立ててぶつかるのが聞こえた。そしてまた笑い声があがり、叫び声があがり、幾つものドアが閉まる音が聞こえ、突然私の後ろで、水道の蛇口から水がエナメルバケツの中へ流れ落ちる音がし、その蛇口がまた急いで締められる音がした。ちょうどその瞬間、医者たちが、私の理解できない一連のラテン語を話したように思った。医者どうしが意思疎通に使う医学用語だ。そしてまた、命令や指示、グラスの音、ホースやハサミの音、足音が聞こえた。このとき、私の知覚力はおそらく最低レベルまで落ちていたから、どんな痛みももう感じなかった。今の時点で自分が病院のどのあたりにいるのか、病室がどのあたりだったのか、まったく分からなかった。とても多くの足音が聞こえ、多くの足が見えたから、床のそばに寝かされていたに違いない。おそらく、医者や看護婦たちが面倒見ていた患者は、ほかにも大勢いた。私自身がずっと感じていたのはしかし、自分が救急治療室に寝かされたまま、忘れられているということだった。誰もかまってくれない、と思った。救急治療室の人たちはみな、そばを通り過ぎるばかりだったから。まもなく圧殺される、窒息するに違いない、という感覚を持ってはいたが、その一方で体は軽く、重力感がなかった。穿刺をすると言われたが、まだ穿刺とは何か知らなかった。初めて穿刺を施されたときは意識がなく、まったく何も気づかなかったからだ。とはいえ、これから何をされようとも、とうにすべてに服従していた。自分に何が起ころうと、どうでもよかった。その間に投与された薬の効果で、私にもはや意志の力はなく、あるのは忍耐だけであった。そして不安もなかった。何が自分の身に起ころうと、これっぽっちの不安もなかった。痛みが一気に消えた瞬間から、私のうちにはもう何の不安もなく、あったものといえば、落ち着いた、どうにでもなれという気持ちだけだった。だから結局、人々は少しの抵抗もなく私を担架から持ち上げて、白いシーツで覆われた台にうまく座らせることができたのだ。向かいには大きな、光沢のない、不透明な窓があった。できる限りこの窓を見ていようと思った。自分を支えているのが誰なのか分からなかったが、支えがなければあっという間に頭から前へつんのめっていただろう。支えるいくつもの手を感じた。そして横に、ピクルスを詰める際に使う、五リットルのガラス容器があるのを見た。同じ容器がポドラハの店にもあった。これから行う処置は必要なものであり、数分で終わります、と、背後で医者の言うのが聞こえた。そしてその人が穿刺をした。胸郭を刺されたとき痛みがあったかどうか、覚えていない。横に置かれたピクルスの容器には赤いゴム管が突っ込まれ、それはポドラハの店で酢を吸引するとき使うのとまったく同じゴム管だったが、他方の端は私の胸郭に刺さった穿刺針に繋がっていて、前にも書いた黄色っぽい灰色の液体が、赤いゴム管を通って徐々に、しかもどくどくと脈打つように、吸ったり排《は》いたりするポンプのリズミカルな音とともに容器に流れこんでいくのが見えた。それも容器が半分以上まで満たされる様子を見ながら、私は不意に悪心《おしん》を覚え、すぐにまた意識を失ったのだ。大病室の、隅に置かれたベッドの中で、ようやくまた意識を取り戻した。時間の感覚がなかった。私は、初めて病室で目を覚ましたとき、いつ、どんな経緯で病院に来たのか、どのくらいのあいだ意識を失っていたのか、分からなかった。なるほど眼前には人影が見えたが、しかし彼らが何を話しているのか、私に何を言っているのか、理解できなかった。初め、自分が病院にいる理由が理解できなかったが、これが重い病気であることは感じた。徐々に、病が発現したときのこと、祖父の部屋で幾日も横になっていたことを思い出した。数日続けた祖父の部屋での観察が、突然、中断されたのだ。そしてもう何も覚えていなかった。ごく小さな、ほんのわずかな記憶すらなかった。それでも今、合点がいった。冬の半ばまで無視し続けてきた風邪が、私を病院に連れてきたのだ。私は、祖父のあとを追って病院にやって来たのだ。この数日間に起こったさまざまな出来事を再現してみようと思ったが、できなかった。何を考えてもすぐ、ぐったりした疲労感に襲われて途切れ、不可能になった。知った顔は一つもなく、説明してくれる人は一人もいなかった。私の毛布は頻繁に剝がされ、注射の間隔がどんどん短くなっていった。眼前の影や音を拠りどころにしようと思ったが、すべてがぼんやりしたままだった。ときどき、誰かが私に何か言ったように思った。が、気づいたときにはもう遅く、理解できなかった。目に映るものはぼんやりしていて、結局それが何なのか、もうまったく分からなかった。声は遠ざかっていった。昼になり、夜になった、いつも同じ状態だった。祖父の顔が見えた、ひょっとすると祖母の顔、母の顔も。ときおり、口に栄養が流し込まれた。もう動くものはない、何もない。私のベッドは車輪に載せられ、病室の中を押して廊下へと出された。ドアを入って、別のベッドにぶつかるところまで運ばれた。浴室の中だ。これが何を意味するのか、私には分かっていた。三十分ごとに看護婦が入ってきて、私の手を持ち上げ、また下ろした。同じことを彼女は、私の頭側に置かれたベッドでもしているようであった。そのベッドは、私のベッドが運び込まれる前からこの浴室にあったのだ。看護婦の来る間隔が短くなっていく。どのくらい経ったころだろう、灰色の服を着た男たちが、蓋の閉まったトタン板の棺を運び入れ、蓋を開けると、中に裸の人体を寝かせた。私には分かった。棺の中に入れられ、またしっかり蓋をされて、私の横を浴室から運び出されていったのは、頭側のベッドに寝ていた患者だ。そのあと看護婦が来たのはただ、私の手を持ち上げるためであった。まだ脈があるかどうか。突然、湿った重い洗濯物が私の上に落ちた。私の真上に、部屋を横切るように張られた紐があって、洗濯物は今までそこに掛かっていたのだ。十センチずれていたら、顔の上に落ちて、私は窒息したことだろう。看護婦が来て洗濯物を掴み、浴槽の横の椅子に投げた。そして彼女は私の手を持ち上げた。夜のあいだ絶えず彼女は部屋を行き来して、繰り返し患者の手を持ち上げ、脈を確かめるのだ。彼女は、死んだ患者がさっきまで寝ていたベッドのカバーを取りにかかった。死んだのは、息づかいからして男だった。看護婦はベッドカバーを床に投げ、今度は私が死ぬのを待っているかのように、私の手を持ち上げた。そしてしゃがみ込むと、ベッドカバーを拾って、部屋を出て行った。今、私は生きたいと思った。さらに幾度となく看護婦がやって来て、私の手を持ち上げた。そして、朝になるころ、男の看護士たちが来て、私のベッドをゴム車輪に載せて運び、病室へと戻した。頭側に寝ていた男の息は、突然、止まったのだ。死にたくない、と思った。今、死ぬのはいやだ。男は不意に息をしなくなった。男の息が絶えるやいなや、病理解剖室から灰色の服を着た男たちがやって来て、死者をトタン板の棺に入れたのだ。看護婦たちは、男の呼吸が止まるのを待ちきれなかった、自分も呼吸をやめかねない、と思った。あとから聞いたことだが、朝の五時ごろ私は病室へ戻された。だが、看護婦たちにも、おそらく医者たちにも確証があったわけではなかった。さもなくば朝の六時ごろに病院付きの司祭を呼んで、いわゆる終油の秘跡を私に授けることなどしなかった筈だ。私はこの儀式にほとんど気づかなかった。ほかの多くの患者に終油が授けられるのをじっくり観察できたのは、あとになってからだ。私は、生きたかった。ほかのことはすべて、何の意味もない。生きるのだ、それも、自分の人生を生きるのだ。自分が生きたいように、生きたいだけ、ずっと。これは誓いではなかった。これは、既に匙を投げられてしまった人間が、自分の前でほかの誰かが息をしなくなった瞬間、心に決めたことだった。選択可能な二つの道のうち、この夜、決定的な瞬間に私は、生きるほうの道を選んだのだ。この決断が誤りだったか、正しかったか、考えても意味がない。湿った、重い洗濯物が落ちて来たのが顔の上ではなかったこと、自分がそれによって窒息せずに済んだという事実が、私が呼吸をやめなかったことの原因だった。私は、自分の頭側にいた人のように、息をするのをやめようとはしなかった。私は呼吸し続け、生き続けようとした。おそらく私が死ぬだろうと思っていた看護婦に、無理にも私を浴室から運び出させ、病室に戻させずにはおかなかった。つまり、私は息をし続けなければならなかったのだ。一瞬でもこの意志を緩めたら、もはや一時間すら生きてはいなかっただろう。息をし続けるかやめてしまうかは、私にかかっていた。私を搬出しに来たのは、病理解剖室の作業着を着た死体運搬人ではなく、私が望んだとおり、白い服を着た看護士たちだった。私が決めたのだ。選択可能な二つの道のうち、どちらを歩むかを。死の道を行くことは容易だ。一方で、生の道には、自分で決めたのだという長所がある。私は、すべてを失ったのではなかった、私にはすべてが残された。先へ行こうとするとき、このことを考える。夕方になるころ、初めて一人の人を見分けることができた。祖父だ。祖父は私のベッドの横の椅子に座り、私の手をしっかりと握った。このとき私は確信したのだ。これから良くなっていくに違いないと。私は、祖父が話す言葉をいくつか聞いただけでもうへとへとだった。祖母と母も面会に来るだろう、と祖父は言った。同じ病院の、ほんの数百歩しか離れていない別の棟、いわゆる外科病棟に入院していた祖父は、これから毎日お前に会いに来よう、と言った。私は、最愛の人がすぐ近くにいるという幸せに恵まれたのだ。ペニシリンとカンフル剤に加え、大量の強心剤が投与されたお陰で、少なくとも知覚力に関しては状態が改善して、ゆっくりと、人や壁や物のぼんやりした影が、本物の人間、本物の壁、本当の物に変わっていった。まるで、嵐の翌朝、だんだん晴れ上がって行くような感じだった。周囲の声は急に、聞き取るのに充分明瞭なものとなり、理解できるものとなった。体に触れてくるものは、これまでずっと大きな白い斑点にしか見えなかったが、気がつくとそれが看護婦たちの手になっていた。一つの顔が、二つ目の顔が、ごく鮮やかに見えた。同じ病室の患者たちのベッドから、はっきりしない声や音が聞こえただけでなく、気がつくと、充分によく理解できる言葉、それどころか、きちんとした文になって聞こえていた。二人の患者が、私のことを話していると思った。私のベッドのこと、暗に私のことを仄めかす話をしているのがすぐに分かった。今、この病室には複数の看護婦や看護士と、一人の医師が、死んだ患者の周りに集まっていた。聞こえてきた言葉のすべてから推測して、その人が死んだということが分かったのだ。しかし死者を見ることはできなかった。一つの名前が聞こえた。そして看護婦や看護士らの会話、そこに何度か医師も加わったが、その会話は再び明瞭さを失い、ついにはもう聞き取ることができなくなった。そしてまたしばらくすると、はっきりと言葉が聞こえてきて、私は理解し、意味を考えてみることができた。どうやら、看護婦と看護士と医者は、死者のベッドから一旦離れ、看護婦たちは他の患者の体を洗う作業に取りかかったようであった。病室の反対側の端にはおそらく水道があったのだろう。洗面台が壁に作りつけられていたのかもしれない。看護婦らはそこから水を汲んできた。部屋には弱い明かりしかなかった。天井は本当に円蓋で、丸ランプが一つだけぶら下がっており、それが病室全体の照明だった。夜は長く、午前八時くらいになるとようやく外から光が差してきた。とはいえ、時刻はまだ五時半か六時くらいなのに、病室や廊下ではもう何時間も前から騒がしかった。私はそれまで、死人を大勢見たことがあったが、まだ、人が死ぬのを見たことはなかった。浴室にいたとき、頭側のベッドで男の人が不意に息をひきとったが、その様子を私は、見たのではなく聞いたのであった。そして今、この病室でまた一人が死んだ。私はここでも、人が死ぬのを聞いたのであり、見たのではなかった。ついさっきまで、看護婦や看護士や医師が死者のところに集まる直前まで、みんなが死に行く人とかかわっていたのだ、と、このとき、まだ少しも体を動かすことができず、ベッドに横たわったままで、私は考えた。あの奇妙な音、あとから思えば一人の人間の最後を締めくくる音であったものを、みんなが聞いていたのだ。だが、この人の終わり方はまったく違っていた。浴室にいた男が突然、これっぽっちの前触れもなく呼吸をやめて死んだのに対し、今、病室にただ死者として横たわっているこの男は、まるっきり違った死に方をした。男が横たわっているのがどこなのか、見て確かめることはできなかったが、男の周囲の物音からおおよそ確認はできた。はっきり聞こえたのは、死ぬ直前、ベッドの中で男が何度もひどくのたうちまわった音だ。まるで、最期に最大の力を振り絞って、繰り返し、死に抗おうとしているかのようだった。大声をあげてのこの反抗的振舞いが、声をあげて死に抵抗している動作だということに、私ははじめ気づかなかった。全身をもう一度のたうたせ、そして男は死んで、横たわっていた。浴室の男とはまったく違った。ごく簡単に、ほんのわずかな前触れもなく息を引き取ったあの男とは。人はそれぞれ異なる。それぞれが違った人生を送り、それぞれが違った死に方をするのだ。このとき私に頭を上げる力があって、それをしていたとしたら、その後何度も見たのと同じ光景を目にしたことだろう。病室に横たわる一つの死体だ。規則に従ってそれはさらに三時間、ベッドに寝かされたままにされ、そのあと運び出されるのであった。この時点ではまだ自分の目で見ることはできなかったけれど、この大病室に入れられていたのは、死を予想された患者ばかりであった。私にはそれがはっきりと分かった。これまで、この病室に入った患者で生きて出て行った人はごくわずかだった。あとから聞いた話では、ここは「老人の部屋」と呼ばれる病室で、ここに入れられるのは死を間近にした老人たちだった。大抵の患者は数時間、せいぜい数日間しか、この「老人の部屋」に滞在していなかったから、私はこの病室を「死にゆく部屋」と名付けた。浴室に空間的余裕があるときのみ、まもなく死ぬことが充分予想される人を、死にゆく部屋から廊下へ、そして浴室に運んで行ったのだ。だが浴室には滅多に余裕がなかった。大抵の人は、朝の三時と六時のあいだに死んだ。夜の一時か二時ごろには、浴室はもういっぱいだった。縦に三台のベッドしか置けなかったのだ。死んでゆく人をあらかじめ死にゆく部屋から浴室へ移すかどうか、決めるのは看護婦だったが、彼女らの気分、仕事への意志の強さ、そのとき看護士が充分な数いるかどうかに左右された。「死にゆく部屋」と私が名付けた病室から、今すぐ死にそうな患者を搬出する作業、ベッドをゴム車輪の上に載せ、壁際の位置から動かし、ひどく苦労しながら廊下へ押し出す作業、いずれにせよいつも大変な力を要するこの作業は、多くの場合、やっぱりやめておこう、ということになった。看護婦らは、死の候補者に関してはよく鍛えられた眼力を持っていた。どの患者とどの患者がごく近い将来最期を迎えるかということを、本人が予感するよりもずっと早くから見抜いていた。

看護婦らは何年も前から、人によってはもう何十年も前からここに、数百人、数千人の命が潰えたこの場所に常駐していたのだ。そして仕事を片づける際、彼女らは当然ながらとても器用に、最大限の平常心を保ちながら作業した。私が死にゆく部屋に入れられたこと、あとから聞いた話によると、ほんの数時間前に誰かが死んだ同じベッドに割り振られたのは、病院が満杯だからという理由だけでなく、おそらく夜勤医師の指示もあったのだろう。きっと宿直医は、私にはもう希望がないと判断したのだ。この医師の見立てではきっと、私の状態はあまりに由々しく、十八歳の若者を七十代八十代の老人しかいない死にゆく部屋に入れるのは乱暴だなどと、考える必要もなかったのだ。ごく幼い頃から私が自分に対して実践してきた厳しさ、いつも痛みを封じ込める行為は、病がぶり返して命を脅かしたという意味で、実害をもたらした。それは根本において本当に軽はずみであり、仕舞いには命を危うくするというより、命を脅かすものであることがはっきりした。常套句を用いて言えば「間一髪で」、私の命は消えかねなかったのだ。というのは、秋のあいだじゅう、そして冬も半ばに差しかかるまで、おそらく軽い肺炎だったのだろうとは思うが、病人扱いされて家から出られなくなるのが嫌で、病気を抑えつけ、無視していたのだ。抑えつけられ無視された病はしかし、祖父に病が見つかったのと同じとき、当然のことながら再発した、発現せずにいなかったというのが事実だ。思い返してみると、何日ものあいだ、いや何週間も私は、自分に熱があること、仕舞いにはそれが高熱になっていることを家族に、またポドラハにも、ずっと隠し続けていた。私は、かなりうまく回り始めた人生の歯車を、どうしても妨げられたくなかったのだ。自分が求めていたものを与えてくれる生活のリズム、実際、自分に適した存在のリズムを見つけたと思った。理想的な三角形が形成されていた。商店見習い、音楽の勉強、祖父と家族、この三つの点は私の成長にとって、考えられる限りもっとも有用なものだった。それを妨げることにかかずらわっているわけにはいかなかった。たとえそれが病気であろうとも。だが、計算どおりにはいかなかった。後から考えれば、そんな計算がそもそもうまくいくものでないことは明らかだ。私は、ギムナジウムを辞め、自分の幸せをポドラハの店に求めたあと、本当に自分を満足させてくれる存在の可能性、大胆にそして同時に勇敢に、あらゆる障害にもかかわらず自らの人生を自らの手で（とりわけ自らの頭で）受けとめさせてくれる存在の可能性を見つけたのだが、すぐまたこの理想から、無理やりに引き離されてしまった。思うに、祖父が病院に行かずに済んだとしたら、私も病気から解放されていたのではなかろうか。その可能性は大きい。だが、馬鹿げた考えだ。そう考えることは自然であり、正当ではあるけれども。明らかに、季節も決定的だった。一年の初めは、すべての季節の中で一番危険な時節なのだ。一月は、大抵の人にとって乗り越えるのがもっとも困難なだけでなく、年齢を重ね、しかも老人になると、年の初めに打ち砕かれる。長いあいだ抑えつけていた病気が、年初めに、それも一番ありがちなのは常に一月半ばごろだが、表へ出てくる。一つの病気、または複数の病気のひどい重圧に秋のあいだ、そして冬の半ばまでずっと耐えていた体のバランスが、一月半ばになると崩壊する。この時点になると、例年のことだが病院はいっぱいで、医者は過重な負担を負わされ、葬儀屋が大繁盛する。私はただ、祖父が入院しなければならなくなったことに耐えられなかったのだ。それまで何か月ものあいだ、自分の病気を抑えるため、できることは何でもしてきたのだが、今、祖父が入院したあと、私の中で、病を抑えつけ病を否定するシステムが崩れ去った。それが崩壊するのに二、三時間もかからなかった。祖父が入院したあと、朝になっても私が起き上がることができなくなったという事実、それはきっと、もう起き上がりたくなかったということなのだが、このことは初め、家族からすれば、祖父から愛されている孫がほかのみんなに向かって演じている我が儘に見えたのだろう。こうした我が儘は許してはならなかった。孫が祖父を追って病気にまでなってしまう。それほどまでに孫が祖父を慕う気持ち、祖父が孫に注ぐ愛が大きなものであってはならないのだ。しかし、実際に私の状態を見てみんなは、私の病が本当だということを承服した。ところがそのあとまた信じなくなったのに違いない。私に対する態度からして、明らかに私の病を心から真剣には受けとめていなかったし、そもそも受け入れていなかった。私が病気になることにみんなは反対だったのだ。なぜなら彼らは、祖父への私の愛に反対だったから。これは彼らにとってまさに決定的打撃だった。今、祖父が入院したあと、いちどきにこれほど激しい形で現れた私の病は、周りに配慮することなく私が繰り出した切り札なのであり、この切り札を彼らは、私に認めるわけにはいかなかったのだ。だが、これに関する彼らの考えと、この考えから出てきた彼らの気持ちや振舞いは、その後、突如として大きな力で私たちの上に降りかかった様々な出来事によって、あっという間に凌駕され、決定的に、そして教訓をもたらす形でたしなめられることになった。ごく自然な成り行きとして、扱いの難しいこの孫は祖父に庇護され、随分早い時期から、心情においても精神的にも他の家族と自分とを切り離して、自らの本性に従い、また歳相応に、彼らに対して批判的態度をとるようになっていた。彼らにはそれがずっと我慢ならなかったし、結局、一度も許すことができなかった。私は彼らのもとでではなく、祖父のもとで育った。私が何とかこうにか生きられるようになったこと、何度となく、とても幸せな気持ちになれたことは、すべて祖父のお陰であって、彼らのお陰ではなかった。ほかのみんなに対しまったく愛情を感じなかったということではない。もちろん私は彼らにも、これまでずっと、ごく自然な結びつきを感じてはいた。だが、彼らへの好意や愛が、祖父へのそれと同じ程度にまで達することは、決してなかった。祖父は私を受け入れてくれた。だが、ほかのみんなは私を受け入れてくれなかった。私を生んだ母ですら、私を受け入れることはなかった。好意と愛において祖父は、ほかの家族をほぼ完全に凌駕していたのだ。ずっと、祖父のいない人生など想像できなかった。祖父のあとを追って病院にまで入るというのは当然の帰結だった。もちろんこうしたこと、すなわち自分にはほかのいかなる選択肢もなかったのだということ、祖父が入院するために出て行ったとき、祖父の部屋の窓辺に立って、歩いていく祖父を見つめながら、祖父に見捨てられたように感じたその瞬間、自分はそれまでの頑張りをやめて敗北するしかなかったのだ、ということを考えたのは、病室の隅のベッドで、自分の状況をすっかり把握したあとのことに違いない。祖父の病気については何も知らなかった。私が寝ているところに初めてやって来たとき、祖父は自分の病気について何も言わなかった。きっと自分でもまだ何も知らなかったのだろう。おそらく祖父はまだ、医師から指示された検査を受ける前だったのだ。そうでなくともきっと、私を傷つけないように、見るからに衰弱した私をなおもがっかりさせることがないように、再会したこの瞬間、自分の病気のことは口にしなかったのだろう。だが、よく分からないということは、もちろん私を不安にしたし、短時間とはいえ、脈絡のある思考をすっかり取り戻したこのとき、私が心配したのは、自分の病ではなく、祖父の病のほうだった。思考を巡らすことができるようになったこの短い時間、私の考えは、もっぱら祖父の病に向かったのだ。しかし、祖母からも母からも、これについては何も聞くことができなかった。ひょっとするとみんなは、僕の前でお祖父さんの病気を隠しているのかもしれない、そう考えずにはいられなかった。尋ねても誰も返事をしないか、すぐに話題を逸らした。それでも、一番大事なことは断念せずにすんだ。約束どおり祖父は、午後になるといつも私のベッドに来てくれたのだ。私に、私の病が危険なものであることを初めて注意してくれたのは祖父であったし、意識を失っていたあいだ私に何が起こったのか、話してくれたのも祖父だった。しかし祖父は、私たちが病気や不幸のことばかり話して、二人とも衰弱してしまうことがないよう用心していた。私がこのうえなく幸せに感じたのは、祖父がベッドのそばにいるあいだ、自分の手が祖父の手に握られていたことだ。孫はほとんど十八歳の青年となり、ただ感情面でのみ懐いていた少年時代と違い、今ではとりわけ精神的に、祖父とのはるかに強い結びつきを感じていた。私たちは、多くの言葉を交わす必要もなく、お互いのこと、そのほかのことを了解した。私たちは、病院から出るために全力を尽くそうと決めた。新しい出発、新しい人生の門出を目指そうとしていた。祖父は（私たち二人の）将来について語った。それは過去よりも大切で、美しいものだった。わしらの意志にのみかかっている。わしら二人には、将来を自分のものにしようという最高に強い意志がある。肉体は精神に従う、逆ではない、と言った。何十年も前から、死にゆく部屋での毎日の経過はごく細かいところまで、すっかり習慣化されていた。ここで働く人々にとっては、きわめて恐ろしい出来事でさえただの、どうということもない日常茶飯事であった。しかし、病と死の営みの中に初めて飛び込んだ私、しかも当時まだ青年であった私は、突然、初めて人間の最期というものに直面することとなり、心底驚かずにはいられなかった。人が終わりを迎えるということの恐ろしさについて、それまでは聞いたことがあっただけで、実際にそうした終わりを目撃したことは一度もなかったし、ましてや、一度にこれほど多くの人が最期を迎え、あのような断末魔の苦しみに耐えているのを目にしたことはなかった。ここに表れていたのは、次々に新しい材料を配給されそれを処理していく、死の製造工場にほかならず、それは、休みなく、力強く、呵責なく稼働していた。徐々に明らかとなってきた死にゆく部屋でのなりゆきを、私は、自分の苦しさと戦うのが精一杯で、ほかはどうでもいいといった気持ちで眺めていたばかりではなく、次第に、覚醒してきた理性の目でそれを心に刻み、検証できるようになっていった。初めて頭を上げることができたときから、徐々に私は、数日来同じ部屋に同居している人たち、私が「死にゆく部屋」と呼び、それが正しい呼び名であることをすぐ悟ることになった病室の人たちがどんな様子か、つかめるようになった。実際、死にゆく部屋には、ベッドとちょうど同じ数の患者がいた。患者のいない空いたベッドがある状態は、ほんの数時間しか続かなかった。患者が毎日、いや毎時間入れ替えられている事実を、私はまもなく確認できたが、こうした措置はここで働く人々にとって恐ろしいものではなかったのだ。なぜならこの季節、短い間隔をおいて患者たちは死んでいき、その間隔はどんどん短くなっていったのだから。思うに、誰もがあとから来る人のためにベッドを空けなければならなかったから、死ぬのが早過ぎるということはなかった。誰かが亡くなり、ベッドから病理解剖室へと運び出されると、三、四時間後にはもう代わりの人がその同じベッドで断末魔の戦いを始めた。死ぬことが結局こんなに日常的なものであろうとは、それまで思ったこともなかった。まず確かなこととして、死にゆく部屋に来た人にはみんな、一つのことが共通していた。自分が生きて再びこの部屋から出ることはあるまいと、誰もが悟っていたのだ。私が死にゆく部屋にいたあいだ、生きてここを出て行った人はいなかった。私は例外だった。例外となる権利が自分にはある、と思っていた。やっと十八になろうかというところで、まだ若く、老いてはいなかったから。私は、死にゆく部屋で初めて目を覚ました瞬間からやろうと思っていたことが、だんだんできるようになった。同室の患者ひとりひとりの顔を眺めることだ。私は既に、頭をほんの少し上げて、向かいの人に視線を向けられるようになっていた。これまではずっと、各ベッドの頭側上方にネジ留めされていた黒板から、各患者の姓名と年齢を読み取るだけだったが、あるときを境に、自分の前の格子付きベッドに横たわっている患者の顔を、短く一瞥できるようになった。痩せこけた禿げ頭の男が、開いたままの口に、赤い酸素袋に繋がったゴムホースを突っ込まれた状態で、寝ていた。それで合点がいった。看護婦たちがひっきりなしにこの格子付きベッドに来ていたのは、酸素袋が何度もすべり落ち、その拍子に禿げ頭の口からゴムホースが引っ張り出されて用をなさなくなるのを、もとに戻すため、つまりホースをまたこの禿げ頭の口に差し込むという、ただそれだけのためだったのだ。私の前の格子付きベッドから聞こえてくる、昼も夜もやむことなく続く音、だんだん弱くなってはいくが、それでも繰り返される、吸い込むような音が何の音なのか、私は理解した。この禿げ頭の男の、頬と同様にげっそり肉の落ちたこめかみの辺りで、短い白髪が数本、酸素袋から出る風にあたって拍子を取るように揺れていた。格子の付いたそのベッドは私から見て横向きに置かれていたので、患者の情報が書かれた黒板の内容を確かめることはできなかった。酸素袋から空気を吸っている男の歳は定かでなかった。見た目でおおよそ推測できるような年齢を、とうに越えていた。酸素袋のお陰で息をしていたこの患者が死んだのは確か、午後の面会時間のことだ。よく覚えている。ちょうど、母が私のそばの椅子に腰掛けて、オレンジの皮を剝き、中身を小さく分けていた。母が、オレンジの袋を一つ一つ、シーツの上の、母からも私からも近い位置に広げたナプキンに用心深く置き、私にはまだ手を上げる力がなかったので、母が袋を私の口の中に入れてくれていたときのことだった。格子付きのベッドに寝ていたあの男が不意に、酸素袋から空気を吸うのをやめたのだ。そのあと男は、人間が息を吐く音としては聞いたことがないくらいの長い時間をかけて、息を吐き出した。私は母に、振り向かないでと頼んだ。死んだ人を母が見なくて済むように、と瞬間的に考えたのだ。母は、オレンジの袋を私の口に入れる手を休めなかった。母は振り向かず、看護婦が男をシーツで覆う様子は見なかった。いつも、死んだ患者は同じ手順でシーツにくるまれた。看護婦は単に、患者のベッドの足側に立つと、死んだ人の下からシーツを引き出し、死んだ人をそのシーツで覆うのである。そして看護婦は、小さなカードの束をポケットから取り出す。カードには短い紐が付いていて、一枚ごとに番号が振られている。その小さなカードの一枚を、紐で、死んだ人の足の親指に結ぶのだ。今死んだばかりの人がシーツで覆われて病理解剖の番号を割り振られるこうした手順を、このとき初めて私は、格子付きベッドに寝ていた男の例で見たのであった。死んだ人はみんな同じようにシーツで覆われ、番号を割り振られた。規則では、死んだ人は三時間、同じベッドに寝かせたままにしておかねばならず、三時間が経過したら病理解剖室の男たちを呼んで、運び出してよいということになっていた。だが、私が入院していた時代、とにかくベッドが不足していて、二時間で充分とされた。まもなく死ぬことが予想され、あらかじめ浴室に運び込まれた患者は別として、死にゆく部屋で息絶えた人たちは皆、シーツで覆われ、病理解剖の番号が記された小さなカードを足の親指に結んだ状態で、二時間、病室に横たえたままにしておかねばならなかったのだ。この大きな病室、つまり死にゆく部屋で亡くなった人は、いつも、死に至る過程を見ていた周囲の人々をほんの数分びっくりさせたが、それ以上ではなかった。ときおり、私たちの真ん中でそうした死の過程が、少しも気づかれることなく進捗していたが、もはや誰にとっても、何の妨げにもならなかった。トタン板の棺を担いで騒々しい足音をたてながら、ひっきりなしに、と言っていいと思うが、死にゆく部屋に入って来た病理解剖室の男たち、二十代から三十代の、荒っぽいがっしりした体格の男たちは、こうした機会に廊下まで来るともう騒がしくなり、死にゆく部屋に入るとそれにも増して喧しくなったが、これにも私はすぐ慣れた。格子付きベッドに寝ていたあの男のように、看護婦たちの予想よりも早くに死んだ人があると、彼女らはごく当然のこととして死後直ちに病院付きの聖職者を呼んで、もう生きてはいない人に終油を授ける準備を整えた。こうして死にゆく部屋に呼びつけられ、息をハァハァ言わせて到着した聖職者は、飲み食いが過ぎて膨れた体つきの人であったが、小さな、銀の縁どりのある黒いスーツケースを携えていて、部屋に入るとすぐこのスーツケースを、死んだ患者のナイトテーブルの上に置いた。ナイトテーブルは、直前に看護婦たちが信じられない素早さで片付けておいたのだ。スーツケースの横に付いた二つのボタンを押すだけで、蓋が飛び上がるように開いた。蓋が飛び上がると同時に自動的に、ロウソクの付いた二つの燭台とキリストの十字架が垂直に立った。そして看護婦たちがロウソクに火を点し、聖職者は儀式を始めることができたのだ。死んだ人はひとりたりとも、秘跡を受けることなく死にゆく部屋を出て行ってはならなかった。ヴィンセンシオ会に属する看護婦たちは何にもましてこのことに気を遣っていたが、こんな風に普通とは違った形で終油が施されるのは、この部屋では稀なことだった。朝五時ごろと、晩の八時ごろになると、決まって聖職者があのスーツケースを持って現れ、看護婦たちに、終油を授けるべき患者がいるかどうか、尋ねるのが日課なのだ。すると看護婦はあちらこちらの患者を指し示し、聖職者は彼のいわゆる職責を果たした。

こうして多くの日に、この病室の四人ないし五人までの患者に終油が与えられた。いずれの患者も、その後まもなくみまかった。とはいえ、ときどき看護婦の予想が外れ、終油を受けぬまま死ぬ人が出たが、義務をまっとうするために看護婦たちは大急ぎで、直近の機会に、この儀式を死者に対してとり行うよう手配したのだ。実際、看護婦たちがいつも、どんな状況のときにももっとも重視していたのは、終油の儀式を挙行することだった。これは真実だ。もちろん、彼女らが毎日休みなく、ほとんどいつも最大限の献身をしていたことを否定するつもりはない。病院付きの聖職者が現れること、それにもまして、聖職者が件の仕事をする様子に、私は最初の瞬間からとても嫌な気がしたし、この聖職者が行う、カトリックの倒錯した欺瞞的演出に、ほとんど我慢がならなかった。とはいえ、この聖職者の行為にもやがて慣れてしまい、死にゆく部屋でのほかの嫌な、恐ろしい気分にさせられるすべてのものと同様、それはもはやほとんど興奮させられることのない、苛立たせられることすらない日常茶飯事となった。病室の隅に置かれたベッドから眺めるかぎり、死にゆく部屋での日常は次のような具合に規則的に進んだ。朝の三時半ごろ、夜勤の看護婦の手で明かりが灯される。そして看護婦は、何ダースもの体温計が入ったピクルス瓶から、患者ひとりひとりに、目を覚ましているかどうかに関係なく、一本ずつ体温計を取り出して、体に差し込むのだ。この体温計を集めると、夜勤の看護婦の仕事は終わり、昼勤の看護婦たちが、盥《たらい》とタオルを持って入ってくる。患者たちは順番に体を洗ってもらう。立ち上がって洗面台へ行って自分で洗うことができるのは、一人か二人だけだった。一月の極寒の中で、たった一つしかない死にゆく部屋の窓は、一晩中閉められたまま、夜が明けても午前中の遅い時間の、回診が始まる少し前まで、ずっと開かれることがなかった。そのため酸素は夜のうちに使い尽くされ、空気は重くて、臭かった。窓は蒸気でひどく曇り、沢山の体と、壁と、薬から出る匂いが、朝、呼吸を苦しくした。どの患者にも独特の匂いがあって、それが全部一緒になると、咳を誘発してむせてしまうような、汗と薬品の混じりあった臭気を生み出した。昼勤の看護婦が現れるころ、こうして死にゆく部屋は一気に、比べるものがないほどの嫌悪感を生む悪臭と苦しみの愁嘆場となり、夜のあいだ蓋をして抑えつけられていた苦しみが、改めて凄まじい、意地悪なほど醜く仮借ない形で曝け出され、表面化するのであった。これだけでもう、朝早くからまた最悪の絶望に駆られるには充分だった。しかし、私は心に決めていたのだ。死にゆく部屋から再び外の世界に戻ることができるよう、病室の中で起こること一切、つまり私を待ち構えているものすべてを、我慢しようと。そして私は徐々に、死にゆく部屋における自分なりの知覚のメカニズムを作りあげ、ある時点からはもう、どんな知覚にも害されることなく、むしろそれを糧とするようになっていた。もう、観察や考察の対象に傷つけられてはならなかった。何かを観察し考察する際には、それがひどく恐ろしいもの、凄まじいもの、最悪の気持ちにさせる、最高に醜いものであっても、それを当然と考えなければならなかったし、そう考えることでようやく現下の状況に耐えることができたのであった。つまり、私がここで目にしたのはすこぶる自然な経緯であり、自然な状態だったのだ。それまでの人生で経験したことがないくらいに配慮のない、容赦のないここでの出来事もまた、ほかのすべての出来事と同様、人間精神がいずれにしてもいつもぞんざいに、卑劣に、偽善的に自然を押しのけ、結局は完全に抑圧していたことによる、当然の帰結だった。私はここで、この死にゆく部屋で絶望していてはならなかった。私は、ここでしか起こりえないと思われるほどひどく残酷にむき出しにされた自然を、ただ自分に対して働きかけさえすればよかったのだ。二、三日して突然また機能するようになった悟性のお陰で、私は、自分が観察によって傷つけられる度合を最小限に抑えることができた。複数の人と昼夜一緒に暮らすことには慣れていた。シュランネン通りの寄宿舎でそれを学んだのだ。思うにあれは、人間の学校のうちもっとも過酷なものの一つであった。ところが、死にゆく部屋で私が目にしたものは、同じ観点で私がこれまで体験したことすべてを凌駕していた。当時十八歳そこそこだった私は、病気を引き起こした原因と、病気そのものによって、真っ逆さまに恐怖の現場に突き落とされた。冒険は失敗し、私は地面に叩きつけられ、州立病院の、死にゆく部屋の一隅にあるベッドに投げ込まれ、自分が人間存在の底の底まで転落したこと、それが自分を過大評価していた結果だということを、意識せずにはいられなかった。自分を満足させ、そのうえ幸福にしてくれる生き方を、がむしゃらに手に入れられると思っていた。ところが今、再びすべてを失ったのだ。とはいえ既にどん底は通り過ぎ、浴室から外に出ていた。既に終油を授けられ、すべてがまた楽観できそうな方向に振れていた。観察者の位置に、既に戻っていた。頭の中に既に、自分の計画を取り戻していた。既に、以前のように音楽を想うようになっていた。隅のベッドで既に、音楽を聴くようになっていた。モーツァルト、シューベルト。既に、以前のように自分の中から湧き出る音楽を聴くことができるようになっていた、しかも一つの楽章を初めから終わりまで。私は、病室の一隅にあったベッドの中で、自分の中から湧きあがる音楽を聴き、それを、病が治癒していく過程のもっとも重要な手段に、とは言わないまでも、もっとも重要な手段の一つにすることができた。私の中のすべては既に死滅しかけていた。ところが今幸せなことに、それらは死んでおらず、再び発展させられることが見て取れたのだ。死にかけていたもののすべてを再稼働するよう、念ずるだけでよかった。自分のうちから再び生きる可能性を膨らませられたということ、音楽を聴き、詩を口ずさみ、祖父の言葉を解釈できるという事実を土台に、私は、死にゆく部屋そのものと、死にゆく部屋での出来事を自ら傷つくことなく観察し、考察できるようになった。私の中で、再び批判的悟性が働き始め、様々な事柄の失われていた均衡を取り戻そうとしていた。こうして私はいちどにまた、死にゆく部屋での日々の経過を、それに必要な平静な気持ちで観察できるようになったし、そこから帰結される考えを思考できるようになった。病のため、体はまだぐったりしていた。衰弱状態は依然として変わらなかった。実際のところ、頭を上げて少しそれを巡らせることができただけで、まだ、体を動かすことはできなかった。頭を動かせたことで、少なくとも死にゆく部屋のおおよその広さはなんとか見て取れたけれど、穿刺に連れていかれる際に病室の様子をうかがうことはまず無理だった。なぜなら、死にゆく部屋から救急治療室へ運ばれるあいだ私はひどく頑張らねばならず、ほぼ消耗し切っていたため、そもそも何かを見ることが不可能だったのだ。こうした折には、何も見ないで済むようにいつも固く目を閉じていた。つまり、私の体は病気でまだ疲弊していたのだが、他方で私の精神、あるいは、それ以上に大切なものである私の心は、そうではなかったのだ。患者たちの体を洗う作業が二時間以上続いたあと、いつの間にか、五時と六時のあいだに、終油を施そうと、あの聖職者が例のスーツケースを持って現れた。毎日彼は死にゆく部屋にやって来た。終油の儀式がとり行われなかった日を、思い出すことができない。まだ患者らを洗う作業が終わらないうちから、聖職者は一つのベッドのそばでじっと祈り始め、十字を切り、そしてベッドに寝ている人に終油を与えた。看護婦の一人が手助けした。患者たちの体を洗う作業が終わったあとは、いつも、ある種の平穏が認められた。体を洗ってもらったことで患者たちはかなり疲れていた。そして今、ベッドに寝たまま朝食を待っていた。朝食を自分で摂ることができたのはごくわずかな人たちで、あとの人は看護婦に頼っていた。看護婦は、私に食べさせるのに時間を費やしてはならなかった。最初の数日私は、大抵の患者と同じくいわゆる人工的な栄養摂取（それが医学的表現だ）、つまりブドウ糖の点滴に繋がれていたのだけれど、その後早々に、コーヒーとセンメル[*1]からなる普通の朝食を出され、それらを口に入れてもらった。患者はみんな例外なく点滴に繋がれていて、点滴のチューブは遠くから見ると紐のように見えたので、私はいつも、ベッドに寝ている患者たちは、紐に繋がれベッドに寝かせられた操り人形《マリオネット》だという風に感じた。大部分の人形は、もはや少しも動かされることがない、動かされるとしてもごく稀でしかない操り人形《マリオネット》に思えたのだ。だが、私にはいつも操り人形《マリオネット》の紐のように見えたこれらのチューブは、この紐、つまりチューブにぶら下がっている人々にとって、今ではもうほとんどの場合、生の世界とのたった一つの繋がりなのであった。誰かが来てこの紐、つまりチューブを切断したら、繋がれている人たちは直ちに死んでしまう、と、しばしば考えたものだ。すべては、私が認めようとしていたよりもずっと芝居に似ていたのであり、実際、芝居だったのだ。恐ろしく、また悲惨な劇ではあったけれど。一方では、正確に考え抜かれたシステムによって、他方ではいつも、医師や看護婦たちの気まぐれに（私にはそう思

＊1　オーストリアや南ドイツで一般的な朝食に食べる小型の丸パン。

えた）すっかり支配された人形芝居だった。だがこの劇場、メンヒスベルクの向こう側にあったこの劇場の幕はいつも開いていた。いずれにせよ、この人形劇場の死にゆく部屋で私が目にしたのは、古くなった人形ばかり、大部分はひどく古くて、とっくに時代遅れの、無価値な、それどころか桁外れと言っていいほどにすっかり使い古された操り人形《マリオネット》であり、死にゆく部屋でそれらの人形は今、嫌々ながら引っ張られていただけで、あっと言う間にゴミの山に投げ込まれて埋められるか、燃やされてしまうのであった。私が、ここで目にしているものを人間ではなく、操り人形《マリオネット》だと感ぜずにいられなかったのは、ごく自然なことだった。そして私は次のようにも考えずにはいられなかった。誰もが、必ずやいつか操り人形《マリオネット》としてゴミの山に捨てられ、埋められるか、燃やされてしまう。かつて、「世界」という名の人形劇のどこに、いつ、どれだけ出演したかに係わりなく。紐のようなチューブに繋がれたこの人形たちは、もう人間とは何の関係もなかった。彼らはそこに横たわり、かつて操り人形《マリオネット》として自分の役をうまく演じたか下手糞に演じたかによらず、価値もなく、もはや舞台装置としてさえ使い物にならない状態で、横たわっていたのだ。朝食が終わって回診までの時間は、大抵、邪魔されることなく観察に耽ることができた。病理解剖室の男たちがトタン板の棺を持ってやって来ると、いつも私は、この人たちは舞台装置一式を片付けるのだな、と考えずにはいられなかった。医師の回診では実際、私だけが問題だった。ほかの患者は関心を引くところがなく、もはや議論の対象にならなかった。医師ら、そして彼らの後ろについてきた看護婦たちは、まったくもう関心がないといった風に病室全体をゆっくりと歩き、最後に私のベッド、私という人間の前まで来ると、足を止めた。どのような理由があったにせよ私が死にゆく部屋に寝かせられているということが、彼らを苛立たせたのかもしれない。とはいえ彼らはこの状態を変えようとはしなかった。それになぜ、変える必要があっただろうか？　諸々の状況によって私はこの部屋へ、この広い病室、死にゆく部屋へと運び込まれたのだ。私は死なずに、生き残った。そして特殊な事例として、この病室に横たわって彼らの注意を引かずにはいなかった。だが、私は初めから感じていたのだ。この人たち、特に医者たちは、おそらくずっと以前から高齢者のために、そして高齢者や最高齢者だけでなく、死に赴く人たちのために用意されたこの部屋に、若い私が長いこと、普通よりもずっと長いこと寝ている事実に、苛立っていたということを。いかにもそうなりそうではあったが、私が一日目、あるいは二日目に死んでいたとしたら、誰も珍しくは思わなかっただろう。そうしたら私がこの部屋、死んでいく人のために定められたこの病室、死にゆく部屋に入れられたのは、少しも間違ってはいなかったということになった筈だ。そうした場合、若者なのか高齢者なのかはまったく問題ではなかった。しかし今、私の状態は医者から見ても峠を越えていたのに、それでも私は死にゆく部屋にいたのだ。彼らも考え込まずにはいられなかっただろう。だが彼らは、私を他の病室に移すことはしなかった。私をそのままにしておいた。ただ、私が治癒する経過を早めようと一層力を注ぎ、昼も夜も私を点滴に繋いでおいた。何のための点滴だったのか、今では思い出せない。結局、私に二倍か三倍の薬を与え、何百回も注射をして、既に完全に無感覚になっていた私の両腕両脚を、仕舞いには蜂の巣状態にしたのだ。医者からはほとんど何も聞き出すことはできなかったし、看護婦たちは頑として沈黙を守った。いつも十時ごろになると穿刺に連れていかれた。廊下にも、端から端までびっしりとベッドが並んでいた。一月初旬に発生して同月半ばにピークを迎えた流行性感冒のせいで、病院管理部は、この廊下だけでなく、祖父の話によるとほかのすべての廊下も、ベッドと担架でいっぱいにせざるを得なかったのだ。私がそうした廊下ではなく病室の中に寝かせられたこと、いや、そもそもベッドをあてがわれたことは、本当に幸運だった。数百人規模で収容が可能なこの病院の建物群に、実際には収容されなかった患者が大勢いたのだから。この数年でほぼ倍増したザルツブルク市の人口からして、もちろん、これらの建物群もとうに狭過ぎるものになっていた。結局、外科と婦人科のためにバラックまで建てることになったのだ。祖父の話では、祖父はこうしたバラックの一つに入れられていた。だが、入院してもう一週間以上も経つのに、この間に祖父が受けた検査の結果はまだ何も出ていないのだった。警告値が出たのは、ひょっとするとまったくの間違いだったかもしれん、と祖父は言った。ごく近いうちに家に帰れるかもしれない、と。わしはちっとも病気だなどと感じておらん。きっと、医者の疑念は根拠のないものだったことが分かるさ。あと二、三日も病院にいたらおそらく帰れるだろうて。祖父自身、一つの考えに捉えられた、と言った。自分が入院したことで、孫に、本人がとうに忘れていた病気を再発させてしまったのではないか、という考えだ。その可能性は排除できん、わしの病気とお前の病気の相互関係は、いずれにしろ存在している。だが残念なのは、不幸なこの二つの病気が繋がっていることで、わしではなくお前のほうが急に、瀕死の状態になったということだ。お前が助かるかどうか、定かではなかったのだ、と祖父は、これを言ってももう私の害にはならないことが分かったとき、打ち明けた。祖父は知っていたという。この患者はもう終わりだ、と看護婦が判断し、私を浴室に運ばせてしまったことを。だが、わしは一瞬たりともお前の回復を疑いはしなかった。あの聖職者に対しては、私と同様に祖父も最初の瞬間から嫌悪感があったが、祖父にとって、私に終油が施されたのは恐ろしいことだった。教会とその犠牲者を実に卑劣に利用するある種の聖職者たち、病院付きの聖職者がその一例だが、カトリシズムを売り歩く販売員、年齢を重ねると特に、ほかの場所よりも変化があって報酬も多そうだからというので、大き目の病院に陣取って商いしているこうした類の聖職者を、祖父は心底嫌っていた。お前のさらなる成長と、特に、お前の精神が進もうとしている方向にとって、死にゆく部屋への滞在は、ほかの何にも比べられない価値がある、これは動かしがたい事実だ。「死にゆく部屋」という私の命名を、祖父は気に入ってくれた。祖父によると、病室は建物全体によく合っているという。建築美の観点からしてよく均斉の取れた、フィッシャー・フォン・エアラハの手になる優れた建築物であった。祖父は私の状況を正しく判断していて、面会のあいだ何も誤魔化したりせず、変に偽りの人間愛を見せるところがこれっぽっちもなくて、話題を変えるときのやり方も決して嘘の領域に踏み入ることがなかった。祖父によると、主任医師は知性ある優れた人物で、うわべだけではなく真の教養の持ち主だということだった。祖父は、私について、そして私の容態についてこの医師ときちんと話ができたというのだが、その医師の見立てによると、私の病気は数週間もすれば、——彼は二、三週間とは言わず数週間と言った——おさまっていくだろうとのことだった。依然として、穿刺を終わるたびすぐに新たな、黄色っぽい灰色の液体が胸郭内に生成される。その速さは相変わらず不安にさせるものではあった。この液体の吸引処置はまだある程度の期間続けなければならないが、これももう沈静化に向かっている、というのだった。しかし、精神的な面で、心理的な面で調子がよくなっているとはいえ、と祖父は言った、身体的には、今よりさらに衰弱することを覚悟しておかねばならん。体調のほうは、しばらくまだ悪くなるだろう、と言った。お前の状態が峠を越したことは確かだ。それは、問答無用に突然襲ってきたこの危機に対して、特にお前が立ち向かっていこうとする強い内的態度で臨んだからであるし、なるほど見たところ、お前の状態が上向いていることは分かる。だが、体の衰弱はまだ底まで達してはおらん、だが肉体は、心と精神に支配されているのだ、と祖父は言った。極限まで衰弱した体も、力強い精神または力強い心によって、あるいは、この二つを合わせたものによって救うことができる、と祖父は言った。私は、今になって初めて打ち明けた。秋からもう病気の感じはしていたんだよ。それなのに愚かにも、病気の自然な展開を無視してしまった。だが、病気を無視するということ、病気が自らの権利を主張しているのに、見て見ぬ振りをするということ、それはつまり自然に逆らうことであって、失敗せずにはいない。私は、祖父の部屋に横たわって部屋の中の物を眺めることが、どんなに有意義な体験だったか、祖父に話して、分かってもらおうとした。家に連れて帰ったら、わしの部屋にある本の中から、お前の好きなものを読んでやろう。私たちはそれを約束した。これまでよりも頻繁にメンヒスベルクや、わしの好きなカプチーナベルクに、お前と一緒に散歩に出掛けるとしよう。郊外のヘルブルンや、ザルツァハ河畔の緑地にも行こう。ケルドルファーさんのところでもっと音楽のレッスンが受けられるように、わしが授業料を余計目に払うことにしよう。音楽はお前にとって救済だ、と祖父のほうから言った。お前にシューベルトのシンフォニーの総譜を何冊か買ってやる。祖父は、私が欲しいと言ったアイヒェンドルフの『のらくら者』美装本も買ってやると言った。とにかくはまず、この地獄から抜け出すことだ、この環境は健常者を恐ろしい状態に引きずりこむ、病人は言わずもがなだ、と言った。祖父は、第一外科のバラックの病室で、二歳年下の市役所職員と相部屋だった。その人は、成功したようだが、詳しくは分からない手術を終えたところで、祖父が迷惑を感じるようなことは少しもないという。この病院にお前も入院したという知らせを聞いて、もちろんわしは愕然としたさ。そしてお前が、――祖父の言葉どおり言えば――生死の境を越えそうになった最初の数日は、わしの人生の最悪の日々だった。だが、さっきも言ったとおり、わしは一瞬たりともお前が死ぬかもしれないなどと、思ってはいなかった。祖父は入院した当初から、気が向いたときにベッドから起きて、新鮮な空気を吸いに外に出られるのだという。段々と、病院の敷地の隅から隅まで分かるようになったし、敷地内の教会にも入った。ここ何年か、散歩のときによくそばを通った教会さ。お前が起きて歩けるようになったら、教会の中にあるロットマイアーの絵を見せてやろう。わしはあれを実にいいと思う。入院して間もない日の午後、祖父はそこで素晴らしいオルガン演奏を聴いたという。そしてオルガン音楽を聴きながら、お前の将来について想いを巡らせたのだ、と言った。祖父は、入院が避けがたい必然だったということ、それも少しも医学的な意味でではなく、実存的な意味で必然だったということに、はたと気がついた。祖父自身の言によれば、生きていく上で大切な思索へと、存在にとって決定的な思索へとまっすぐ駆り立ててくれるこの病院という苦の領域の中で、祖父は、自らとそして私の状況について、根本的に考えてみることになった。祖父によると、それが本物の病気であるにせよ違うにせよ、こうした病気に罹らなければ考えることのない、そういう思索に耽るには、ときにこうした病気に罹らなくてはいけないのだ。わしらが自然と、つまり本性からしてごく単純にこの思索の領域に赴くよう定められているのでなければ、わしらは意図して病院や医療施設に向かわねばならん。こうした病院や、一般に医療施設と呼ばれるものは元来、間違いなくそういう思索の領域なのだから。たとえ、わしらをこうした病院あるいは何らかの医療施設に有無を言わさず送り込んでくれる病を、自分の中にまずは見つけるか、それを案出する、いや、意図して拵えねばならないとしても、だ、と祖父は言った。なぜなら、そうしなければわしらは、生きる上で大切な、存在を決定づけてくれるような思索を始める状況にはないのだから。わしらがそうした思索に勤しむことができるようにしてくれるのは、病院だけではない、刑務所のこともある、修道院のこともある、と祖父は言った。だが、刑務所も修道院もまた、病院であって医療施設であることに変わりはない、と祖父は続けた。わしはここに入院していることで、間違いなく思索の領域に滞在している。この思索の領域が、不意に、生きるために不可欠だと思えてきたのだ。以前であれば、それがいつのことであったとしても、ここでの滞在がわしにとってこれほど効力を持つことはなかっただろう。お前も、病気はひとまず峠を越したのだから、入院をこうした思索の領域への滞在だと思って、この滞在をふさわしい形で利用するがいいのだ。とはいえ、きっとお前自身とっくに同じことを考えて、この可能性をうまく利用し始めているのだろうが、な。病人は千里眼だ。ほかの者よりはっきりと世界のありさまが見えておる。この「地獄」を出たら——以後、祖父は病院をそう呼ぶようになった——、このところ徹底してわしの仕事を妨げていた困難はなくなるだろう。芸術家、とりわけ物書きなら、と言う祖父の声を私は聞いていた、ときどき病院に行かねばならん、本物の病院であれ、あるいは刑務所、あるいは修道院であったとしても。それが絶対の前提なのだ。芸術家、特に物書きで、ときどき入院することがないような輩、つまり、人生において決定的な、存在にとって必然的な思索の領域に入ることがない輩は、次第に無価値の中へと消えていく。表層に絡みとられるからだ。この病院は、と祖父は言った、人工的に作られたものかもしれん。そしてこの病院に入ることを可能にしてくれる病は、それが一つの病であれ複数の病であれ、いずれも作為的なものかもしれん。だがそうした病は、なくてはならぬもの、生み出されねばならぬものなのだ。どんな状況にあっても、いつでも、ある程度の間隔を空けて生み出されねばならんのだ。どんな理由があるにせよ、この事実を無視している芸術家や物書きは、もとよりまったく無価値な存在とならざるを得ん。わしらが自然と病気に罹って入院しなければならぬのなら、それは幸せだ。だがな、と祖父は続けた。実はわしらは、自分が病を得て入院することになったのが、自然の成り行きだったのかどうか、分からんのだ。わしらは自然に、いや、ごく自然にどこかを患って入院した、とばかり思い込んでいるが、実は作為的に、ひょっとするとごく人工的ななりゆきで入院することになったのかもしれん。だが、どちらでも構わん。いずれにしろこうやって、と祖父は続けた。わしらは思索の領域に入る資格証明を得る。この領域に入れば、外にいたのでは得られない意識に到達することができる。この思索領域の中でわしらは、外にいたのでは決して達することのない自己意識に、存在するものすべての意識に到達するのだ。わしの病は、わしが自分で考え出したものかもしれん、と祖父は言った。意識の思索領域に踏み入るために、な、そう祖父は表現した。ひょっとするとお前も、同じ目的から自分の病を考え出したのではないか。しかし、同じ効果しか生まないのであれば、それが作られた病気か本物の病気か問うても意味がない。結局、作られた病気はいずれも本物の病気なのだ。わしらには、自分が作られた病気に罹っているのか、それとも本物の病気に罹っているのか、決して分かりはしない。本当に様々な理由から病気になる可能性はあるし、何らかの病気を考え出して、それに罹る可能性もある。なぜならわしらは、実際に患っている本物の病気をいつも案出するものだからだ。そもそも存在するのは考え出された病気ばかりで、それが本物の病気と同じ効果を生むから、本物の病気に見える、というだけのことかもしれん。大いにありうる、と祖父は言った。そもそも、本物の病気というものがあるのかどうか、疑わしいものだ。いずれの病も考え出されたものかもしれん。なぜなら、病というもの自体が、考え出されたものだからだ。おそらくわしら二人は、自分の病を自分の目的のために考え出した、という風にも言えるだろうて。ひょっとすると、いや、おそらくは同じ目的なのだ、わしらの病は、同じ目的のために考え出されたものなのだ。そして、わしがまず自分の病を発明して次にお前がお前の病を発明したのか、それとも逆なのか、順序は決定的なことではない。今、この病院にいることによってわしらが、命を救ってくれる思索の領域にいるということ、それは、そうかもしれぬということではなく、確かなことだ、と祖父は言った。そしてもちろん、今わしが言ったことは、これまた単なる思弁に過ぎんのではあるけれども。そう付け加えた。私は祖父のこの思弁の道筋を難なく辿ることができた。私の治癒は進んでいた。今やその証拠があった。回診はいつも、私から見たら、あらかじめ行われる死体検分のようなものだった。毎日十時半か十一時ごろ、多少の違いはあったが無言のうちに回診が行われた。医師たちは、横たわっている人々を既に死んだ人と見做しており、死者には関心を示さず通り過ぎねばならぬと思っていたから、もはやちっともこれらの患者に自らの技術を施そうとはしなかった。ここで医師たちに見てとれたのは、習慣化し、結局のところ既に冷たいルーチンと化してしまった受動的振舞いばかりで、この場ですべてを支配している死を前にして、受動性それ自体が医師の仕事着を身に纏っているというだけのことであった。私が受けた印象では、医者たちは鉄のベッドの中で見捨てられた人々と、まったくもう何の関係もないかのようだった。ところが彼らは、医者から見たら死んでしまった人たちかもしれないが、私から見たら依然として、それも惨めこの上ない、ひどく苦しい、虐げられた状態で、ここに存在していたのだ。医者たちは面倒臭いお決まりの手続きを、このいわゆる死にゆく部屋で片付けねばならないのだ、この部屋にいる年寄りたちは、どうあってももう絶対に生の世界に戻ったりしてはいけないのだ、と私は、回診に訪れた医師たちの様子を見ながら、考えずにいられなかった。彼らは既に名前を消され、人間社会から除かれていたのだ。医者たちはまるで、決して邪魔をしないことが義務でもあるかのように、振舞いの逐一において無策と、感情と精神の冷たさを見せ、そうすることで死にゆく部屋にいるこの惨めな、もはや医者しか頼るもののない人たちから、命を奪っていたのであった。死にゆく部屋の患者に医者が処方したのは、治療のためではなく、根本において、死ぬための薬にほかならなかった。薬はどのみち、ここにいる患者たちの死を早めたし、彼らの頭上にある点滴のガラス瓶も同じく、死を早めるための薬を供給するばかりだった。それらは、治療しようとしていることを表現するためのものであって、前にも書いたとおり、実際それを仰々しく演出はしていたが、本当のところは、人生の終わりが来たことを示すためのガラスの指標にほかならないのだ。おそらくは社会の姿勢によってずっと正当化され続けてきた苦肉の妥協策が、医者たちのこの回診なのであり、それが毎日、金曜日は医長を先頭にして、彼らを死にゆく部屋へと向かわせたのであった。回診のあいだも常に看護婦たちは、場所を確保する方策しか考えていないようだった。まるで、ベッドが空くことばかり待っているように見えた。彼女らの顔は、その手と同じように硬化してしまい、今ではそこにこれっぽっちの感情も見いだすことができなかった。彼女らは、何十年もここで自分たちの仕事を片付けてきており、今では、病人を世話するための正確に機能する機械が、ヴィンセンシオ会の仕事着を纏っているに過ぎなかった。その様子から、彼女らが自分たちの状況を苦々しく感じていて、それゆえに、心と呼ばれるものからなお遠い存在になっていることが分かった。彼女らと心を通わせることなどまったくもう不可能だった。なぜなら、彼女らがいつも一番大切な任務とみなしていたこと、つまり、教会との協力によって、病院の場合なら常駐する神父との協力によって患者の魂を救うという役割を、彼女らは今、実際何も考えることなく、ただ日々の仕事として片付けていただけであったから。今、彼女らのすべては機械的だった。組み込まれたメカニズムどおり、ほかの何に依ることもなく働く機械のようだった。回診のたび、私は、白衣を纏ってやって来る医学の無力を見せつけられた。医者たちの振舞いはいつも、氷のような冷たさしか残さなかったし、この氷のような冷たさと同時に、彼らの技量や権限に対する疑念ばかりが残った。ただ、私のベッドの前に来たときにだけ彼らは落ち着きを失った。というのも、その都度、予期することなく本当に突然、死にゆく部屋の中に彼らは死者ではなく、一人の生きた人間を見出したからだった。すると彼らは、お互いのあいだでではあったが、急に饒舌《じょうぜつ》になって議論し始めた。そうしたときでも彼らの話は、私には理解不能なままだったけれど。医者たちと実質的にやり取りしようとしても、まったく不可能だった。私のほうから何度話しかけてみても、すぐにとがった口調でたしなめられ、やめさせられた。ごく簡単な、短い言葉を交わすとか、ほんの少しでも上機嫌に振舞って見せるとかいうことさえなく、外界に対し、見るからに心を開きたくないという風であった。医者たちは、日に一度私のベッドの前に遠慮なく立てられた白い壁にほかならず、その壁には、これっぽっちの人間的気配も見出せなかった。若者だった私には、彼らはいつも恐怖の使者にしか見えず、病が、容赦なく自分をこの恐怖の使者に引き渡したのだ、と思った。医者たちとの関係はいつも恐怖の関係でしかなかった。彼らは一度として、一瞬たりとも信頼感を呼び起こしてくれるような人たちではなかった。私が知っていた人たち、愛していた人たちのうち、ある時点から病を患うことになった人たちはみんな、病気が決定的様相を見せたとき、医者から見放された。あとから考えるとそれは、ほとんどの場合、医者たちの杜撰で無責任な過失であったと言わざるをえない。繰り返し私は医者たちの非人間的態度を目のあたりにしたし、彼らののぼせ上がった高慢ちきと、倒錯というほかない自己顕示欲に額を叩かれる思いだった。ひょっとすると、幼少期から青年期にかけて私が出くわした医者たちが、嫌悪感を生み、仕舞いには命をも脅かすようなタイプばかりだったのかもしれない。というのは、医者とは必ずしもみんな嫌悪感を生んで命を脅かすような人ばかりではないことを、のちに経験したからだ。医学、つまりこのいわゆる「聖職」に軽々しい気持ちで携わっているすべての医者に抗って、結局私がその都度健康を回復できたのは、要するに、私に生来備わっていた高度な抵抗力によるものだと、いつも思わずにはいられなかった。もしかすると、幼少期と青年期を過ごす中で罹った多くの病こそが、乗り越えられることを繰り返し保証してくれるように思えたのかもしれない。いずれにせよ、私がこれらの病気を乗り越え、何はともあれかなり無傷な形で生還することができたのは、医者たちの技量によるというより、はるかに大きな程度、私自身の意志の力であった。数百人の医者と呼ばれる人の中に、本物の医者は稀にしか見つからない。そう考えたとき、入院患者というのはいずれにしても常に、衰え、死んでいくよう定められた人々の社会なのだ。医者とは誇大妄想狂か、または呆然としてなす術を知らない人か、どちらかだ。いずれにしろ患者にとっては害になるから、患者自身が自分で何とかしなければならない。規則には例外が付きものだ。祖父は私の主任医師と話をすることができたし、祖父によると、気持ちよく世間話さえできたという。だが、主任医師はまったく私と話そうとはせず、ただの一度も世間話などしたことがなかった。私のほうは、思った通りに会話ができるくらいまで回復したころから、幾度となく話しかけてはみた。私は医者たちと話すことをずっと望んでいたけれど、彼らは例外なく、一度も私と話そうとしなかったし、ほんのわずかな言葉のやりとりも許さなかった。生来、いつも私は説明を求めたし、さらに望んだのは、分からないことに答えてもらうことだった。特に、担当医師たちが説明してくれて、疑問に答えてくれたらありがたく思っただろう。しかし、医者と話すことは不可能だった。彼らは、私と会話するなどという居心地の悪い行為を最初から避けていた。私にはいつも彼らが、説明したり疑問に答えたりすることを不安に思っているように感じられた。実際、入院して医者の手に委ねられた患者が、医者と言葉を交わしたり、いわんや説明を受けたり疑問に答えてもらったりすることがありえないというのは、事実なのだから。医者たちは自らを外界から隔絶する。不確かさという、自然の壁ではないにしろ、人工的な壁を、患者と自分たちのあいだに打ち立てる。医者たちは、自分たちが打ち立てたこの不確かさの壁の中に、四六時中立て籠っている。それどころか、不確かなまま手術をする。きっと彼らは自らの無能さつまり無力を自覚しているのであり、病状を抑えたりそこから抜け出したりしたければ、患者がおのれ自身で何とかしなければならないということを知っていたのだ。ごくわずかな医者しか、自分がほぼ無知に等しいこと、同様にほぼ何もできないことを、認めようとしない。死にゆく部屋を回診に来た医師たちが、患者に分かってもらうための説明をしたことは一度もなかったし、みんな、患者を見捨てていた。医学的な意味でも、精神的な意味でも、見殺しにしたのであった。医者たちの医学は無論無力であったし、精神面で何か寄与することは、彼らからすれば労力の無駄ということなのだろう。ここに記していることは、当時、若者であった私の頭をよぎった考えであり、それ以上ではない。のちであれば、すべてが違った光の中で見えたのかもしれないが、当時はそうでなかった。当時、私はこう感じていたのであり、それは今の感覚ではない。当時、私はこう考えていたのであり、それは今の考えではない。当時、私はこのような存在を生きていたのであり、それは今の存在ではないのだ。回診はほんの二、三分しか続かず、患者たちは回診のあいだ、少なくともベッドの中で身を起こそうと頑張ってはみたが、きわめて無様な姿勢で身をもたげることしかできず、回診が終わるとまたベッドに沈みこんだ。私も同じだった。そのたびに私は自問した。僕は今また何を体験したのだろうか、今また何を目にしたのだろうか、と。答えはいつも同じ、医者たちの無能さ、愚鈍さだった。彼らは医学というものを商売にまで格下げした捉え方をしていて、愕然とさせるこの事実をいかなるときも恥じなかった。いつも、回診の最後に再び入口のドアにたどり着いた医師たちは、看護婦たちと一緒にもう一度振りかえって、ドアの向かいにあるベッドを見た。そのベッドには、慢性リュウマチのせいで体の端々が、特に両手両足が完全に歪んでしまった男が寝ていた。ホーフガスタインで宿屋の主をしている男だった。一年以上も前から同じこのベッドに寝ているという話で、一年前からずっと、いつ死んでも不思議ではないと思われていた。宿屋の主は、ベッドの中で三つか四つクッションを重ねた上に高く身を起こし、医者と看護婦の集団が回診の最後にドアまで来ると、いつも、右の人差し指で自分の額をトントンと叩くのだった。これを見ると医者や看護婦たちは決まって大きな笑い声を爆発させたのだが、笑いのきっかけを知らない私は、幾日ものあいだ、なぜ彼らが爆笑したのか、理解できなかった。彼らは毎日の回診の最後、宿屋の主人の残酷なウィットに笑わずにはいられなかったのだ。彼らの爆笑がやむと、回診も終わりだった。ホーフガスタインから来た宿屋の主人は、すっかりやせ細って、グロテスクなほど細長い骸骨といった風で、その骸骨の上に黄色い皮膚が辛うじて、それゆえまたグロテスクにへばりついているだけというありさまだったが、入院している理由は、リュウマチからくる四肢の歪曲ではなく、慢性腎炎であった。一年以上も前からこの宿屋の主は、週に二度、いわゆる人工腎臓に繋がれねばならなかった。それは私の穿刺の日と重なっていた。この人はきっと丈夫な心臓を持っていたのだろう。それに、ウィットが枯れない限り、彼自身滅びることはなく、死ぬことはないのだ。おそらく彼は、医者や看護婦の立場からすると好ましからぬほどに生きのびていた。医者や看護婦たちは、なかなか死なない宿屋の主人から、この患者のための日々の負担から解放されることはなかったが、少なくとも、この患者が毎回必ず見せてくれる右人差し指でのウィットを楽しむことができたし、私が死にゆく部屋にいたあいだ一度の例外もなく、あのウィットは、相応の効果をあげた。ホーフガスタインから来たこの宿屋の主人については、後でもう一度触れることになるだろう。一日のクライマックスだった回診は、同時にいつも最大の幻滅でもあった。終わるとまもなく昼食が運ばれた。看護婦は三、四人分配膳するだけでよかった。三、四人の患者しか食べることができなかったから。他の患者には熱いお茶か熱いフルーツティーがあてがわれ、短く片付けられた。意識を取り戻して間もない初めの数日間、太って重そうな体つきの男が私の注意を引いた。この男が話す言葉は一言も聞いたことがなかったし、その間にこの男も、ほかのみんなと同じく骨と皮ばかりになっていたのだが、食事の際はいつも大きな深皿いっぱいに入れたリンゴだけを与えられた。今もはっきり覚えている。この男は、ほとんど体を動かすことなく、いつもゆっくりと一つずつ、果物皿に入っていたリンゴを残らず平らげた。それは、水分を排泄するためなのであった。意識を取り戻して間もないころ私は、男の身元を記した黒板に「将軍」の文字を読み取ることができた。私の記憶が間違っていなければ、ハンガリー人らしい名前の下にこの語が大文字で書かれていたのだ。「将軍」というたった一つのこの語ばかりが、長いことずっと気になって、黒板には「将軍」と書いてあるように見えるけれど、本当に「将軍」の文字だろうかと、自問したものだ。読み違いではなかった。男はハンガリーの本物の将軍だった。どこから来たのか分からない数十万、数百万の人たちと同じく、戦争の終わりにザルツブルクに漂着した難民の一人だった。よく見ると、まさに将軍という風貌であったが、本物の将軍と同じ部屋にいるということは、私の想像を超えたことだった。将軍に面会に来た人は一人もいなかった。だから、そもそもこの人に近しい人はもう一人もいないのだろう、と思った。ある日の午後、急に降り始めた雪が死にゆく部屋をほぼ真っ暗にしてしまったとき、気づいたら、将軍は死んでいた。既に死んでしまったあと、病院付きの司祭が終油を授けた。病理解剖室の男たちが来て、ベッドからひどく痩せ細った体を持ち上げ、トタン棺の中に横たえた。その際、骨が中で激しくぶつかる音がしたので、眠っていた患者たちも目を覚ましたほどであった。この遺体が、二、三週間前まであんなに太っていた男と同じ人物とは、ほとんど信じられなかった。病理解剖室の男たちは、ほかの死んだ人々、労働者、百姓、官吏、前に書いた宿屋の主人、つまり間違いなく「凡人」であった人たちとまったく同じように将軍の遺体を扱った。そもそも彼の死に気づいた人は、きっと、自分たちのあいだで本物の将軍がどんな風に死んでいったか、深く考えずにはいられなかったし、私も物思いに駆られた。どんな状況があったのかは知らないが、将軍にまでのぼりつめたこの人がもっとも注意を引いたのは、その静かさだった。それは沈黙ではなく、絶対的静かさだった。誰ひとり、この人が立てる音を聞いた者はなかった。そして誰も、彼に話しかける人はいなかった。看護婦か医者が何か言っても、答えなかった。ひょっとするともう、何も理解できなかったのかもしれない。彼が死んで、運び去られるとすぐ「将軍」の語も黒板から消された。私がしげしげと観察していたベッドの中でこの将軍が息を引き取ったあと、二、三時間もすると同じベッドに後釜がやって来た。「将軍」のあとに来たのは「農夫」だった。この「農夫」という表現が、しばらく前からオーストリアの日常語では「百姓」の代わりに使われるようになっていたのだ。その隣に一晩だけ、マッティヒホーフェンから来た「行商人」が寝ていたことがある。私が入院していたあいだ、このたった一人を除いて二度とそんなことはなかったが、男は歩いて死にゆく部屋に入ってきたのだ。そしてちょうど夜勤に就いたばかりの看護婦から、そこのベッドに寝るよう指示された。脇に衣類の包みを抱えてすこぶる元気そうで、病気だなんてとんでもないという風だった。見るからに、ついさっき「受付」を済ませ、病院での最初の検査を受けたばかりという様子だった。ホーフガスタインからきた宿屋の主は二つ先のベッドに寝ていたが、すぐこの男に興味を示して、何も知らない新参者に、ここではどんな態度が必要とされ、また望まれているか、教えてやった。二人はすぐに意気投合した。同じ種類の人間で、同じ言葉の使い方をしていた。行商人は、病院に着いて、死にゆく部屋に入れられた時間が遅過ぎたため、夕食を望んだが、もらうことができなかった。ベッドに入ると、直後に夜勤の看護婦が照明のスイッチをひねった。この新参者はきっとすぐに疲れが出たのだろう、たちまちもう何の音も立てなくなった。どうして急にここに入ることになったのか分からない、とだけ言ったのが、辛うじて聞こえた。朝になると、もうベッドの中が我慢し切れなくなった彼は、起こされる前にベッドから起きて、これといった用もなさそうなのに、廊下に出て行った。こうして、マッティヒホーフェンの行商人が短時間いなかった隙に、ホーフガスタインの宿屋の主人は、この男の病気のことを探った。行商人のベッドの横のナイトテーブルから体温表を取って、それを検分している風だった。深いため息をついたが、そこには驚きと、人の不幸を喜ぶ、意地悪な気分の高揚が混じっていた。宿屋の主は、行商人の病名が記された体温表をまたテーブルに戻した。行商人が、おそらく既に任務に就いていた昼間の看護婦に注意され、病室に戻ってきたとき、宿屋の主は、この男のことはもう全部知っていると言わんばかりの意地悪な、人の不幸を喜ぶような沈黙で行商人を迎え、素知らぬふりで、夜はよく眠れたか、と尋ねた。実際、たまたまこの夜は滅多にないくらいに静かで、目立ったハプニングもなかった。行商人は、よく眠れたと言い、続けて宿屋の主に自分が夜のあいだ見た夢について語ったが、夢の内容は私にはまったく理解できないものだった。さて、顔を洗ってこよう、と行商人は言うと、寝巻きを脱いで洗面台へと歩いた。私は、行商人が念入りに顔を洗うのをしばらく眺めていたが、そのあときっと関心をなくしたのだろう、そちらを見ることはやめてしまった。突然、凄まじい音がして、瞬間的に私は洗面台のほうを見た。洗面台の上で行商人が死に、くずおれて、頭を洗面台の角にしたたかぶつけた音だった。瞬間的に洗面台のほうを向いた私は、さらに次のようななりゆきを目にした。行商人の体が、自分の頭を洗面台から引きずり出し、床の上に激しく衝突させたのだ。行商人は、顔を洗っている最中に卒中に見舞われたのだった。ホーフガスタインから来た宿屋の主は、今や勝利者然としていた。体温表を一瞥しただけで、この男が死ぬのを予感したんだ、と言った。宿屋の主は頭を高く上げ、シーツの上で両腕を広げ、指をできるかぎり開いて、マッティヒホーフェンから来た行商人が担架で搬出されるのを眺めていた。私自身、この光景に愕然としたし、今も繰り返し目に浮かぶ。ついさっきまで話をしていた人、それも、何の屈託もなく話をしていた人が、不意に目の前で死んだのを見たのは初めてだった。死にゆく部屋で遭遇した人々のうち、直前に迫った自分の死をまったく予期していなかったのは、この人だけだ。ホーフガスタインから来た宿屋の主は、マッティヒホーフェンから来たあの行商人が目の前で本当に突然、何の前触れもなく、はっきりそれと分かる形で死んだのを、羨ましく思ったに違いない。マッティヒホーフェンからきた行商人を、死の直前と直後に見た人は、誰もがその死に方を羨ましく思わずにはいられなかった。目が覚めていた人はその死にざまを羨ましく思ったし、ほかの人たちは彼が死んだことにまったく気づかなかった。行商人は、看護婦や医者たちによる苦しみと苛みのメカニズムに呑み込まれる前に、彼らの手から逃れたのだ。何の甲斐もなかった、せっかくベッドを整えて体温表を作ってあげたのに、そう看護婦は考えたかもしれない。自分が間違いなく死ぬと分かっている人にとって、死んでいく過程がないという、こんな幸せな死に方ほど、羨ましいものはない。マッティヒホーフェンからきた行商人がこんな風に死んだのは、持って生まれた素質だ、と、遺体が運び出されたとき、私は考えた。この人にはほかの死に方はありえなかったのだ。私はハッとした。行商人の死を羨んでいる自分に気づいたのだ。いつの日かこんな風に、突然、少しも苦しむことなく、一瞬にして過去の人となって、消えてしまえるかどうか、自信がなかったから。結局、死ぬ過程というもののない死を恵まれるのは、ごくわずかな人たちだけだ。我々は、生まれた瞬間から死に向かう。だが、この道程の終わりまで来たときに初めて、死ぬという言葉を使うのだ。しかもこの終点は、ときに恐ろしく長い時間へと引き延ばされる。一生かけて死へと向かう道程の最終段階だけを、我々は、「死ぬ」と表現する。死を無視しようとするのは、結局、勘定の支払いを拒むことだ。ある日目の前に差し出された勘定を見て人は自殺を考える。そうすることで、すこぶる卑俗で、低俗な考えに逃げ込むのだ。自分に関することとなると我々は、これが運試しのゲームだということを忘れ、苦々しい気持ちになる。最後にできるのは、完全に絶望することだけだ。到達点は死にゆく部屋であり、最後にはそこで死を迎える。すべては欺瞞以外ではありえない。我々の全生涯とは、よくよく見るとしみったれた、仕舞いにすっかりぼろぼろになった行事予定表でしかない。マッティヒホーフェンから来た行商人はもちろんこうしたことを何も知らなかったけれど、ひょっとするとホーフガスタインの宿屋の主は知っていたのかもしれない。馬鹿げた考えではある。オーバーエスタライヒから来た元現金配達夫は、次のように死んでいった。白い髪を束ねて房にしていたこの小柄な男は、私の前にあった二台の、いわゆる手に負えない患者のための格子付きベッドのうちの一つ、それも窓側のベッドに、体をすっかり縮こまらせ、何日も寝ていたのだが、一度も口を開くことがなかったので、話ができない（あるいはもう話ができなくなった）のか、それとも話をしたくないのか、分からなかった。彼はベッドに寝かされたあと、左の、私に向き合う側に寝返りを打って、ずっとその姿勢を変えなかった。よく見ると小さな、少年のような頭の形で、顔の中で口だけがまだ動いていた。もう何にも反応しなかったし、洗ってもらっているあいだもずっと――この作業は彼の場合ごく短く、ただ形だけ、表面的にのみ行われた、――なされるがままだった。私が覚えている限り、食事をすることはもうなかった。見舞い客が来ると、面談はごく短く済ませるように、と言われた。客は彼に話しかけたが、答えは一言もなかった。私は当然のように、この男はいつ死んでもおかしくない、と思った。ときおり、もう死んでいるのじゃないか、つまり、この男が息を引き取るのを自分は見過ごしたのではないか、と思ったが、そう思ってすぐ彼の口を見ると、息をしていたから、まだ生きていることは確かだった。格子付きベッドに寝かされたのは、あとほんの少しで死ぬことが予期された男たちばかりだ。彼らに残された時間は数時間、せいぜい数日間と見られていた。ホーフガスタインから来た体に障害のある宿屋の主は、いつも一番の情報通だったから、現金配達夫の職業についても彼がしゃべり散らしたのであった。その現金配達夫は少年のように小柄で、高齢にもかかわらずどこもかしこも少年のようだった。頭の束髪は、十七か十八歳のときに束ねていたのとおそらく同じで、ひょっとするとそれがひといきに、おそらくは人生の半ばに、一夜にして白くなったものかもしれない。八十歳をはるかに越えていたと思うが、すべてが少年のようだった。見るからにもうこの世にいたくないし、これ以上世の中を見ていたくない、という風だった。目を開けることはもうなかったし、その姿勢は、体を休みなく緊張させ、極限まで縮こまらせたもので、人生の終わりを迎え、徹底的に身を捩《よじ》ることで、浮世に戻らなくて済むよう努めている、という印象だった。浴室に場所があったら、看護婦はとっくにこの人を「死にゆく部屋」から浴室へ押し込んだだろうが、たぶん浴室は満員で、ここに留まるしかなかったのだ。回診では、格子付きベッドにいる彼にはいつも短い一瞥が投げられるのみだった。医者は根本において彼と（この病室にいる大抵の患者たちも同様だが）何のかかわりも持たなかった。医師団が死にゆく部屋に入るたび、現金配達夫がまだそこにいるということに彼らが苛立っているのが分かった。昼の光線が窓を通してちょうど彼の束髪に落ち、顔に落ちていた。彼の頭と、頭の中の彼の顔を見ていると、魚が呼吸する様子を思い出した。何十年もこの人は大地の上で、来る日も来る日も休みなく、おそらくは機嫌よく、あちこち走り回っていたのだ、彼を眺めながら、そう思った。この現金配達夫がいわゆる幸せな人間だったのだろうということを、感じた。彼は普通の幸せな人生を送っていたのだ、それは面会に来た人を見ても分かった。面会者は次々現れた。きっと、彼の細君、子供たち、親戚だったのだろう。みんな、オーバーエスタライヒから来ていた。現金配達夫の状態はそんな感じで幾日かが過ぎたが、ある日突然、私は真夜中に目を覚ました。それまでずっと黙っていた現金配達夫が、ひとたび叫び声をあげたかと思うと、縮こまった姿勢から急に跳び起きて、荒々しい獣のようにひとつ跳びでベッドの格子柵を越え、荒々しい獣のように周りにぶつかりながら、ドアのほうへと突進した。そこでこの男は、――私はドアを見ることはできなかったから、目で見たのではなくて音で分かったのだが、――夜勤の看護婦の腕に倒れ込んだまま、死んでしまった。死んだ配達夫は、もう格子のベッドには戻されず、すぐに搬出された。ときに死にゆく人は、最期の瞬間が訪れると全力を振り絞って、無理にも死を、それまであまりにも長いあいだ彼を待たせて、苦しめた死を、引き寄せようとするものだ。現金配達夫はその一例だ。医者や、およそ医療従事者と呼ばれる人たちは、――医療従事者とはもちろん医者のみではない――ここに記したことすべてに頭を振るかもしれない。だが、どちらの方面の人が頭を振ろうと、その人がもっとも能力があって資格があるとされていようとも、構うまい。ここに認《したた》めているような備忘録は、当然、どのみちいつも敵視され、且つ／または非難され、あるいはごく単純に狂人の言い草だと言われることを覚悟して書かねばならないのだ。書き手はこの事実、こういう馬鹿らしい見通しに苛立ってはならない。特にこの備忘録の書き手は慣れている。自分が言い、書いたこと、理由はさておきこれまでの人生や、思考と感覚の流れの中で書かずにいられなかったことすべてのために、敵視され、非難され、気違い呼ばわりされることに。ここに書いているのは、書き手にとっての事実だから、どんな意見であれ、気に留めることはすまい。この文章の書き手は、自分の中から出てくるのとは違った行動に出たり、違った考え方をしたり、違った感じ方をすることなどできないし、しようと思ったこともない。もちろんどの瞬間にも、何であれ、すべては近似的でしかなく、単なる試み以上にはなりえないことは意識しているけれども。誰にでも、どんな文章にも欠陥があって間違いがあるということ、それゆえこの書き手、つまりはこの文章にも欠陥があって間違いがあるということ、それは証明できるだろう。だが、そこに歪曲とか、ましてや改竄を証明することなどできっこない。なぜなら書き手は、ただの一つもそうした歪曲や改竄を行う理由を持ち合わせていないのだから。自分の記憶と悟性を信頼して、これらを合わせた、思うに充分信頼するに足る基礎の上に、この試みも企てられている。実際、対象へのこの近似的接近の試みは、とりわけ難易度の高いものではあるけれども。そこに欠陥があり間違いがあるからといって、書き手はこの試みをやめてしまえるような、どんな理由も感じない。まさにこうした欠陥や間違いは、ここに書き留められた内容とまったく同じく、試みとしての、また近似的接近としてのこの文章にふさわしいのだ。何であれ、完璧は不可能だ。ましてや書かれたもの、それどころかこの文章のような、数多くの、幾千もの記憶の断片的可能性から繋ぎ合わされた備忘録に、完璧などということはありえない。ここに報告されているのは断片に過ぎない。その断片から、読者がやろうと思えばすぐ一つの全体が構成される。それ以上ではない。私の少年期と青年期の断片、それ以上ではないのだ。私にとって一番気になっていたのは、いつかまたプファイファー通りに住む先生のところで歌のレッスンが受けられるだろうかということだった。歌なくして自分にはもう将来はない、と思ったからだ。週に二度、ああ、今は歌のレッスンの時間だ、とか、今ごろヴェルナー教授の授業を受けている筈なのに、と考えずにはいられなかった。そもそも病気が、歌手としての自分の将来をとうに終わらせてしまったのではないかということを、医者に尋ねる勇気はなかった。病気の影響はそれが数ヶ月に及ぶとしても、過渡的でしかない、と祖父は断言した。私は懐疑的だった。実際自分がどんな状態にあるか考えたとき、特に、自分の主たる楽器である胸郭がいかに大きなダメージを受けたか正確に分かってくると、疑わざるをえなかった。胸郭はもうほとんど完全にと言っていいくらいに破壊され、不可欠な筈の呼吸能力さえほとんど失われていたし、ベッドの中で寝返りを打つ動作からして、相変わらずひどく難儀だった。例の黄ばんだ灰色の液体は、入院して二週間、祖父の言葉で言えば「特別な治療」を受けた今も相変わらず、穿刺のたびに、信じられない速さで横隔膜と肺のあいだに生成された。怖くなるくらいだった。ときおり、体はちっともよくなってないじゃないか、と思った。精神と心がどれほど上昇の気を見せても、体のほうは後ろにとどまったままで、絶えず精神と心を自分のほうへ引き戻そう、引き摺り下ろそうとしていた。ずっと抜けないこうした感覚に対しては、使えるすべての手段を用いて抗った。何度も祖父の言葉、精神のほうが肉体を規定するのであって、逆ではない、という格言を、自分に言い聞かすしかなかった。ときおり、この言葉を半分声に出して、ベッドの中で何時間も機械のように繰り返した。この言葉にすがって起き上がろうとした。だが、救急治療室に入ってピクルスの瓶を目にするたびに、頑張ろうという意図と努力は、すべて無に帰した。救急治療室への搬送は完全なる墜落を意味していた。穿刺に連れて行かれる前からもう、心と精神の墜落が予想され、怖かった。祖父が近くにいるという意識が支えてはくれたけれど、すべてにおいて、自分の力に頼らなければならなかった。もちろんこのシステムは、毎回、穿刺に向かう途上、長い廊下の途中で早くも崩れ去った。ピクルスの瓶が徐々に半分まで満たされるのを眺めながら、自分が実際どんな状態にあるのか、はっきりと悟った。とっくにこの光景には慣れていたから、目の当たりにして気を失うことはなかったが、残酷な処置を受ける中で私は、いつも、完全に破壊されてしまったのだ。穿刺のたびに、終わったあとの数時間、ほんの少しも体を動かすことができず、目を閉じたまま、ベッドに横たわっていた。考えごとをするなんて問題外だったし、頭に浮かんでくる雑多なイメージはそれ自体が壊れたイメージだった。こうした瞬間に私は、それ自体完全に崩壊した世界を眺め、この完全に崩壊した世界によって無抵抗に、自分の本質の中心にまで達する傷を負った。破壊され、ほとんど完全に無に帰したこの自分の存在の中から目を覚ましたあと、私は何度も、家から、あるいはシェルツハウザーフェルト団地の食料品店から出て、楽譜を小脇に抱え街へ走っていく自分の姿を見た。ノイトーアをくぐり抜けるか、レーエン橋を渡るかによってルートは異なるが、ザルツァッハ川沿いを、プファイファー通りのケルドルファー家へ、あるいは夫であるヴェルナー教授のもとへ、つまり音楽のため、自分の将来のために走っていく自分自身の姿を見たのだ。だが、こうした光景を見、こうした光景について考えるにつけ、私は意気消沈するばかり、絶望に駆られるばかりだった。この絶望からはもう抜け出せまい、と思った。私の音楽、私の将来のすべては、今や一気に、無意味と絶望ばかりになった。ただひとり祖父だけが、すべてをまだ別の、楽観的な光のもとに見ていた。祖父はこの音楽と将来を信じていた。そして祖父がベッドのそばに座っているあいだ、祖父のオプティミズムは私と私の全存在にも、祖父の意図した影響を与えた。ところが祖父が行ってしまうと、楽観的な光は消え、再び私は自分という人間の無意味さと絶望のうちに、ひとりとなった。祖父は、自分の楽観的見方を裏付ける例証として、何人もの肺を病んだ歌手、しかも重い肺病を患った歌手たちを挙げ、肺病のヴァーグナー歌手まで見つけ出してきた。だが、体は私にまったく別のことを告げていた。私の呼吸は、肺が完全に破壊された人の呼吸のようだった。息を吸ったり吐いたりするたび、破壊の恐ろしい過程が明らかになった。息を吸ったり吐いたりしただけで、それもしっかり意識して感覚を少しも胡麻化さなければ、祖父がベッドのそばで私を納得させようとした見方の反証が示された。私は打ちのめされた。十二時と三時のあいだ、死にゆく部屋での出来事はもっとも少なく、最小限に抑えられていた。通常、この時間には静けさが支配し、誰も彼も面会時間のことで頭がいっぱいで、その面会時間になると、死にゆく部屋はいわば自由な、公共の観察に晒された。面会者たちは、見るからに恐る恐る、死にゆく部屋に足を踏み入れた。ここに足を踏み入れた際彼らが目にしたのは、無意識に、あるいは眠りながら、あるいは苦労して途切れ途切れに呼吸している人間たちの一種の生活だったが、私は迷うことなくそれを、もっとも哀れな人間たちの生活と言おうと思う。死にゆく部屋にいる患者たちの醜さ、みすぼらしさのうち、隠せるものは、面会時間のあいだ隠されていた。だが、恐ろしいことというのは、覆うことのできないわずかな箇所が外に出ているというそれだけで、深い印象を面会者に与えずにはいないものなのであった。足を踏み入れた人はいずれも、悲惨この上ない事実に直面することになった。それは、それまで何のイメージもなかった、少しも予感することがなかった事実だ。そして彼らはまた、死にゆく部屋に面会に来たことをいつも最高の自己克服として、そして、ここに入り込んでしまった家族、あるいは友人に捧げることができるギリギリの感情だと、感ぜずにはいられなかった。実際、大抵の人は一度しか、死にゆく部屋に来ようとはしなかった。面会に来た相手がその後もずっと死にゆく部屋に寝ていたとしても、それ以上は、つまり二度とやって来ることはなかったのだ。彼らは、一度面会に来たことで自分の義務を果たした、犠牲を払ったのであった。死にゆく部屋に面会に来た人にとって、死にゆく部屋を訪れたことが一生の経験になることは、確かだと思う。ところが、面会に来た人が見たものは、もし、面会時間以外に来たとしたら目撃したであろうものに、恐ろしさの点で、遥かに及ばないのである。面会にやって来る人たちは、ほとんどみんな農村地域から来た人たちであって、面会に来ることがまずなかった街の人たちよりも遠い、より面倒な道のりをやって来ていた。街の人は、死の宣告を受けた老人や病人を遠ざけてしまうことにかけて、より残酷だ。街の人は、ただ来なくなるだけなのだ。これで、と彼は考える、これまでずっと、何ヶ月いや何年も厄介をかけられた人間から解放される、と。これによって生じた良心の呵責の中からも、その人間は単に消えてしまう。病院に運び込まれたことによって眼前から消えた人は、今、ひとりで最後の、それがどれほど恐ろしい行程であるにせよ、死への行程を行かねばならない。見舞いに来た農民や労働者たちは、その場に立って、持ってきた花や飲物や、家で焼いたお菓子を幾つかのナイトテーブルの上に置いた。だが、それはまったく意味がなかったし、意味がないということに彼らはすぐに気づかずにはいられなかった。贈物をもらった人は、それをどうすることもできなかったから。花を見ることはもうできなかったし、飲物を飲むことも、お菓子を食べることもできなかった。大部分の患者はそもそも面会人を見ることがもうできなかったのだ。面会者がベッドに向かって、そこに寝ている人に対して何か話しかけたとしても、それは聞かれることのないまま終わらざるをえなかった。問いかけても、ほとんどいつも返答はなかった。そのあと、礼儀から、あるいは見たものによって受けた衝撃、あるいはごく自然な困惑ゆえに、面会者たちは沈黙して、互いに視線を交わし、ベッドのそばでしばらくじっと耐えていたが、ついには踵を返し、死にゆく部屋をあとにした。面会者たちはおそらくみんな、部屋を出て行くときたった一つのことだけを考えていた。これが、自分たちの最後の訪問だということを。そしてそれは、ほとんどいつも真実となった。祖父は、約束どおり毎日やって来た。ある日、祖父は来なくなった。その後、面会時間になると、祖父の代わりに祖母と母が交代で来たが、その母が伝えてくれたところによると、祖父は今、より詳しい検査を受けなければならず、ベッドを離れることができないという話だった。二人は私に、祖父からの挨拶を伝え、ほんの二、三日したら、また祖父が来るだろう、と言った。実際、二、三日後に祖父はまた現れた。同室に寝ている市役所職員との日常について語り、自分の病のことはほとんど語らなかった。最後に、もう椅子から立ち上がったあと、祖父は言った。医者は見つけたぞ、何なのかを、と。ちょっとした手術をする、取るに足らん手術だ。担当の主任はいい男だ。今、わしは仕事をしたくてうずうずしておる。仕事のことでは、わしの考えは一気に、これまでにないくらいに飛躍した。おそらくは病気のおかげ、入院せざるをえなかったおかげだ。何日か、あるいは何週間かしたらわしは外に出られる、お前もそれまでには回復しているだろうて、と祖父は言った。私の胸郭に溜まった黄灰色の液体は、吸引し尽くされ、ある日を境にもう生成されなくなった。私はベッドの中で座れるようになり、そろそろ立ち上がろうと考え始めていた。この、立ち上がろうとする最初の試み、ひょっとしたら歩こうとさえするかもしれないが、それを私は自分の誕生日にやってみようと思っていた。祖父は私を励ましてくれた。また立ちあがって、歩いてみるためには、誕生日は一番いい機会だ、と言った。わしが手伝ってやろう、なに、難なくうまく行くさ。この間、三週間半におよぶ入院生活で私は二十二キロ体重を減らし、すべての筋肉を失っていた。今や骨と皮ばかりだった。その三週目に見舞いに来たポドラハは、私の様子にびっくりしてしまい、たった二分しか、ベッドのそばにいることができなかった。ポドラハは特別大きなオレンジジュースの瓶を持ってきた。あとになって本人が私に打ち明けたところによると、実際、私は助かるようには見えなかったそうだ。誕生日が来た。けれど、よりによってその日、朝のうちから私は力が抜けた状態になっていた。実際、病がぶり返して、数日間続いたのだ。目の前では急にまたすべてがぼんやりして、耳の聞こえが悪くなり、今まではっきり見えていたものがもうほとんどそれと認められなくなり、手を上げることすらできなくなった。母と祖母、弟、妹が現れて、ベッドの前に立った。みんなは何か繰り返し私に言ったが、私には理解できなかった。しばらくするとみんな行ってしまった。家族のみんなはこの日、私はもう駄目だ、と思ったという。私は祖父のことを尋ねたが、答えはなかった。誕生日に来ることを約束してくれた祖父が、やっぱり来なかった理由を、ひょっとするとみんなは語っていたのかもしれない。重大な理由に違いなかった。私の後見人と、母方の叔父もやって来た。今も、みんながベッドの前に立っている様子が目に見えるし、彼らが事実であり真実であることを隠そうとしながら、もとよりそれに失敗していた様子が目に浮かぶ。その事実、真実とは、彼らにとって恐ろしいものだった。みんな一度に立ち去ってしまい、私はまたひとりになった。この危機的状態を乗り越えるまで、二、三日かかった。家族は毎日やって来たが、私にはみんなの様子がだんだん変に思えてきた。以前とはまったく違っていた。みんなの奇妙な振舞いがなぜなのか、もちろん私には、何とも釈然としなかった。二、三日、母も来なかった。母が来られないのは、風邪をひいたから、と祖母が説明した。祖母と後見人が代わる代わるやって来た。だが、二人が面会にいた時間はいつもひどく短くて、私が祖父について尋ねたときの困惑ぶりは、だんだん大きなものになって行った。祖父が私のところに最後に面会に来た日から、十日、十一日、あるいは十二日が経過した、午前中のことだ。私は、ホーフガスタインから来た宿屋の亭主が看護婦を介して渡してくれた新聞を読むのが習慣になっていたので、この日も、新聞を開いた。二、三頁読んで紙をめくると、即座に、紙面に印刷された祖父の写真が目に飛込んできた。明らかにそれは、一紙面を全部使った「追悼」の頁だった。家族のみんなは、医師の勧告に従い、祖父の死を私に知らせなかったのだ。私が新聞でそれを知った五日か、六日も前に祖父は亡くなっていたというのに。あとからの考えではあるが、医者の勧告に従わないでいてくれたら、と思わずにはいられなかった。今、私は、祖父が私に言った最後の言葉と、最後に会ったときの祖父の

姿を胸に抱いて、孤独だった。『魔笛』と『ツァイーデ』が好きだからそのピアノ抜粋版が欲しい、[*1]
それに、アントン・ブルックナーの交響曲第九番のピアノ版も、と私が言ったとき、祖父は、それを書き留めておこう、退院してわしが真っ先にすることは、街へ出て、ジークムントハーフナー通りの、いつも行っているヘルリーグル書店で、お前が欲しいと言った譜面を買うことだ、お前の病気が治ったお祝いに、それをプレゼントしよう、と言った。優れた商人となり同時に優れた歌手になること、そのうえ有名な、いや世界的に有名な歌手になって、加えて音楽哲学の修練も積んでいるというのは、それ自体が、またとないくらい幸せなことだ。病院のような、治療とは逆方向に働いて人を駄目にしてしまう恐ろしいメカニズムからお前が抜け出したら、お前が自分の目標に到達できることをわしはちっとも疑っておらんし、心からそれを願っている。祖父は何度も、「力強く」という言葉を口にした。その際、杖で何度も強く床を突いて、「力強く」という言葉を補強した。そしてわしらが二人ともまた元気になったら、ガスタインに行って、二、三週間滝の音[*2]を聴きながら、幸福を感じることにしよう、と言った。そう言って祖父は立ち上がり、ベッドから離れて行った。祖父は、出口のドアのところで振り返ると、杖を持ち上げて私に何事か叫んだ。だが、私には聞き取れなかった。このときの祖父の姿が、祖父と私の繋がりを表象する何千、何十万の光景のうちの、最後であったということを、私は知るよしもなかった。その後何日か私は、話しかけられてもまったく応じず、何にもする気が起きない状態で、黙ってベッドに寝ていたが、家族から少しずつ、祖父が亡くなったときの様子を聞かされた。もちろんみんなのほうも、祖父が亡くなったことに結局のところ本当に驚かされるばかりであったし、また、私に関する経過にもひどい衝撃を受けていたから、祖父が亡くなったときの状況をなかなか語れる状態ではなかった。はじめのうち、みんなの注意と心配はすべて祖父に向けられていたが、そのあと突然私のほうに向けられ、そしてまた祖父に向けられた。そして何週間も、祖父を心配し私を心配するというこの不安な状態、ずっと継続する不安から抜け出すことができなかった。ある時は、祖父が死んでしまう、と考えたかと思うと、今度は、私のほうが死んでしまうと考えて、そんな具合に何週間も、あちらへまたこちらへと引きずられたのだ。そして最後には、やっぱり祖父の死に驚かされた。それはちょうど医者たちから、私に関しても最悪の事態を考えねばならない、と告げられた時点のことだった。みんなは実際、この数週間というもの、想像を絶する不

＊1　『魔笛』『ツァイーデ』ともにモーツァルトのオペラ。
＊2　ザルツブルク州南部に位置する保養地バート・ガスタインには、有名な滝がある。なお、バート・ホーフガスタインとは隣接している。

安の中で過ごさねばならなかった。その結果、みんな同じくらいに疲弊してしまい、いずれにせよすぐには、起こったことを理解できなかった。抵抗することもできず、ほかの誰の助けもなく、実際恐ろしい影響力を持ったこれらの出来事をそのまま傍観するしかなかったのだ。そして、これらを理解するのにとても長いときを要した。母は、この不幸に心底打撃を受けた。何日も、何も話しかけられない状態だった。そしてそのあいだ、私の面会に来ることもなかったのだ。それはもう母には無理だった。母の夫である後見人から、私は、祖父の最期について、具体的状況を、少なくともおおよその話を聞いた。祖父の病気が何であったのか、医者がようやく突きとめた時点で、治療はもう手遅れだった。祖父に病院に行くように指示した内科医の推測は、祖父が病院で受けた検査によって裏付けられた。助かるためには、半年前に手術を受けなければならなかったのだ。祖父が病院に来た時点で、何も悪いところはないと言った本人の断言とは裏腹に、全身が既に病に毒されていた。そして祖父は、手術によって予期せず死んだのだと、私は幾日か信じていたのだが、そうではなく、突然、血液がすっかり腐敗して有毒化するという致命的症状が出て、わずか数日で死んでしまったのだ。後見人の話では、祖父の意識は最後まではっきりしていた。苦しんだのは短い時間だけだった。祖父の死は、朝の六時ごろ訪れた。その時祖父は、祖母と二人だけで病室にいた。市役所の職員は数日前に元気になって退院していた。後見人によると、彼に向かって祖父は何度も言ったという。わしは目的を達することなく死なねばならん、この十五年取り組んできたいわばライフワークを完結させることなく、死なねばならんのだ、と。祖父は最後の夜、私の容態のことも尋ねた。妻である私の祖母と、息子である私の叔父が、最後の夜、ずっと祖父のそばにいた。最期まで一緒にいたのは、祖母一人だけであった。五時半ごろ、祖父が憎んでいた病院付きの神父が、終油の儀式を執り行うためのスーツケースを持って、不意に、病室のドアに現れた。神父の意図が、祖父にはすぐ分かったのだろう。祖母によると、終油を授けようと神父がベッドに近づこうとした瞬間、祖父は、「出て行け」と言って、神父の意図を挫いた。病院付きの神父は、この「出て行け」という言葉を聞くと、直ちに病室からいなくなった。そのあとすぐに祖父は亡くなったので、「出て行け」が祖父の最後の言葉となった。私の家族はつまり、いく日ものあいだ私のもとに面会に来ていて、私がいつも一心に祖父が来るのを待っていること、その祖父がとうに亡くなっていたことを知っていたのだ。みんなは祖父の死を私の前で隠し通すことはできたが、しかし、祖父に何か不吉なことが起こっているらしいことは分かった。だが、私には直接尋ねる勇気はなかった。ひょっとするとそれは、みんなが面会に来てベッドのそばに立っている様子から私が、既にいわゆる最悪の事態を覚悟したからかもしれない。もちろん私は、みんなの様子が変だということに関する推測の一つとして、最悪の事態、つまり祖父の死を考えてみることが、とうにできた筈だろう。のちに家族が私に打ち明けたところによると、弟と妹が誕生日に私を見舞いたいと言ったとき、二人は祖父が死んだことには触れないようにと命じられた。この誕生日に、私はベッドから立ち上がり、祖父に手助けしてもらって、初めて歩いてみようと思っていたのだ。なぜ、私の誕生日に祖父が来なかったのか、私がベッドから立ち上がり、ひょっとしたら初めて歩くかもしれない、それを介助してやろうと言っていた、選りによってその日になぜ来なかったのか、その理由を説明する家族の言葉は納得できるものではなかったけれど、真実ではないその事情を私は、信じるほかなかった。当時母は、どんなに勇敢なことだったろう。自分の父親をほかの誰にもまして愛していたのだ。祖母と、そして弟と妹は何という経験をしなければならなかったことか！　それでもみんな、おそらくは、ずっと前から度外れて厳しい数多の苦しみを舐めてきたから、もちろんこの数週間にも耐え抜いて、最終的にはあまりダメージを受けずにこの状況から抜け出すことができた。あとになって、母は例外であったことが分かるのだけれども。病気の中へと、私は祖父のあとを追って行ったけれど、それより先へは行かなかった。祖父が死んだことで、とうとう私がひとりとなり、自分を頼るしかなくなったことは、実にはっきりしていた。今、私は退院するため、健康になるために全力を注いだ。まさにそれだけを望み、毎日、毎時間、そして本当に休みなく、自分に言い聞かせた。今こそ立ち上がって、出て行くときだ、と。決断はとうに下されていたのだ。今はとにかく、健康になるという目標に休みなく、仮借なく近づいていくための手段を正しく投入することだけが肝要だった。祖父が死んだことで、急に、自分がひとりっきりだという事実が明らかとなり、それゆえに私は自分のうちのすべての生命力を結集して、健康になるという目標に向かったのだ。ひとりだということ、自分自身のうちから出発して、前へ進んでいくこと、突然悟ったのだが、これは可能であるばかりでなく、以前は知らなかった、信じがたいほどの存在推進力なのであった。祖父の死は、凄まじい姿で私を訪れ、凄まじい影響を私に与えずにおかなかったとはいえ、それはまた解放でもあった。生まれて初めて私は自由であったし、突然感じたこの完全なる自由を、私は自分の命を救うために利用したのだということが、振り返ってみると分かる。これを認識し、この認識を実際に利用した瞬間から、私は、病との戦いに勝ったのだ。私は、完全にひとりきりだということに様々な可能性を認め、そうした可能性を自分のものにした瞬間から、助かった、という絶対の感覚を持った。まず、私が決断を下し、そして認識を適用し、最後に理性を投入しなければならない。第二の存在、新しい人生、それも、完全に自分だけに頼る人生が、私の前に開かれた。ひょっとすると、いや、おそらくこのチャンスを私は、まさに祖父が死んだことによって得たのかもしれない、というのが私の考えだった。この考えを私は先へと進めたくはない。生まれてこのかたずっと私が通ってきたと言っても過言ではない祖父の学校は、祖父が死んだことによって終わりとなった。祖父は、突然の死によって私を授業から解放した。それは小学校であったし、最終的には大学であった。今の自分には、将来をその上に築くことのできる基礎がある、と感じた。これ以上に良い基礎を持つことはできなかっただろう。祖父が来てくれないこと、祖父が来ないことの原因について、もちろん予感がないわけではなかったが、確証もなく、何日ものあいだ絶えず打ちのめされた、当然希望のない状態にあって、私が毛布の下で深い絶望に駆られていたとき、家族はとうに祖父の死に直面し、葬儀の心配をしなければならなかったのだ。葬儀に関係するすべての必要な仕事を引き受けたのは、私の後見人だった。後見人は家族のうちでまだ一番冷静な思考力を維持していた。マックスグランの墓地に葬られることが、祖父のはっきりとした希望だった。そこは、祖父が亡くなった一九四九年にはまだ、市街地からずっと外れたところにある、ひなびた小さな墓地だった。祖父はよくこの墓地に散歩に行っていた。私を同伴することもあった。マックスグランの墓地に祖父を埋葬する際、障害となった教会とのいざこざについては別の箇所で既に書いた。祖父の追悼文は、社会党系の新聞「民主人民日報」の編集長ヨーゼフ・カウトの手になるもので、カウトは後に、私の人生においてさらに決定的役割を演じることになる。[*1] 祖父の死を新聞によって知ったということ、その新聞がもともとガスタインから来た宿屋の亭主から渡されたものであったこと、そもそも私がこの追悼文を手にしたということ、そうした状況が必然だったのかどうか、私はこれまでの人生でずっと自問してきた。私の第一の存在は完結して、第二の存在が始まっていた。家族のみんなは破局のあと、再びそれぞれの位置に戻り、自分自身の問題に向き合っていた。私の容態が良くなってくると、みんなは私に集中させていた注意を緩め、実際、安堵することができた。私のことはもう心配いらなかった。医者は家族の前で私について楽観的見解を述べたが、それは、家族のみんなが私の様子を見て受けた印象からも、よく裏付けられた。疑いなくそれは、治癒へ向かう過程の驚くほどの進歩だった。家族のみんなはあまりに長いあいだ、すべての注意を自分自身から外《そ》らせ、家族のうちから出た二人の病人に向けねばならなかったが、今や、数ヶ月におよぶこうした生活によって自らの状況が荒んでしまったことに気づいたのだ。みんなもまた急に孤独となり、打ち捨てられ、母が繰り返し口にした言葉で言えば、取り残されたように感じていた。そして、不幸のあとさしあたりのところ、自身の将来を考えることなどできないというのが実情だった。私の将来を直撃した、と、みんなが思っていた出来事は、絶望のほか、まった

＊1　ベルンハルトはのち、カール・ツックマイヤーの推薦によって「民主人民日報」に就職し、ヨーゼフ・カウトのもとで記者として働いた。カウトはその後ザルツブルク音楽祭の総裁を務めるが、そのころ既に作家として名を成していたベルンハルトに劇の創作を依頼する。しかし、上演された『無学者と狂人』はスキャンダルを巻き起こし、カウトとベルンハルトの仲にも亀裂が走ることとなる。

く何も見えなくした。いずれにせよ、今後も一生影響が残りそうなほど、見るからに衰弱し、不幸に落ちた孫が、今や師匠であり庇護者でもある祖父を失った事実を考えると、先の見通しは最悪だった。一夜にして、残った家族に責任が負わされたのだ。実際、手にあまる責任が。そしてこのときになっても、十八年間祖父ひとりの手で教育されてきた私に対して、自分が権限を持っているなどと、誰も感じなかった。祖父は私を、いわば生まれてからずっと彼らの影響が及ばないようにして来たし、すっかり自分の庇護のもとに、自分の精神のもとに置いていた。ほかのみんなはこの十八年間、私に対してどんな影響も及ぼすことができなかった。祖父は私の教育からみんなを締め出し、私に対する彼らの振舞いの当然の帰結として、私を教育するあらゆる権利を否定したのだ。ところが今、その彼らが、法律の上だけでなく道義的にも、私に対する責任を負っていた。彼（つまり私）が退院したらどうなるだろう、と、しょっちゅう考えたのではなかろうか。退院はそう遠いことではなく、いずれにしろ、予測しうるものとなっていた。そして心の底でみんなが今、そのときを恐れていた。日ごと近づいて来る、急に本当らしくなった、近日中の私の退院を喜びながらも、喜びの陰で、私が退院する瞬間への不安を隠すことができなかった。一方で、私と同様心から退院を待ち侘びつつも、他方ではその日を恐れていた。というのも、病院から出たらいずれにせよ、私が比較的長いこと彼らの厄介になることは目に見えていたから。なぜなら、退院したあと私がまた店で仕事ができるまでに快復するというのは、ありえなかった。そうしたこと、つまり私を扶養することは考えられなかった。そして彼らは、歌手としての経歴を私が歩むなどと、これまで一度も、一瞬たりとも信じていなかったけれど、この可能性もまた失われたのであった。辛うじて彼らにできたことと言えば、所轄の商務省に行って、快復後にすぐ私が、いわゆる商人見習いの修了試験を受けられるように手続きしたこと、すなわち、商人の見習い修行をきちんと終わらせられるよう手配したことだが、それによって彼らの気持ちが軽くなった程度は、ほんのわずかであった。事実私は、予定より一年遅れではあったがこの試験を受けて合格した。すなわち見習い修行はきちんと修了したのだ。家族は今、祖父の遺産をどうするかという問題を考えていた。突然彼らの前に祖父の仕事部屋が開かれ、祖父が生きていたあいだずっと隠されていた内部が明らかとなった。祖父の生前は許されなかった領域へ、突然、入ることができるようになったのだ。遺産というのは遺稿のことであって、祖父が残したわずかな品物や衣類のことではない。衣類や品物は、遺言ではっきり言及されていない限り、お互いの望み通り、あるいは必要に応じて既に分け合っていた。遺言に書かれた品物のうちには、祖父のタイプライターがあった。祖父が二〇年代の初めにウィーンのドロテウムで競り落とした品で、祖父は自分の仕事をすべて、このタイプライターで「清書」したと言っていた。そして私も、このタイプライターを使って今なお自分の仕事をしている。おそらく六十年以上も前に製造されたアメリカ製L・C・スミスだ。

このタイプライターのほかに祖父は、私にスーツを一着、ジャケットを二着、ズボンを二本、そして緑のビリヤード布で裏打ちした冬用の外套、いわゆるシュラートトミンガー*1を形見として残した。忘れてならないのは、祖父が長めの散歩をするとき鉛筆やメモ帳や、その他必要と思われる細々した物を入れて持ち歩いたいわゆる散歩用カバンだ。それ以上、たいして多くのものは祖父の所有物の中にはなく、ベッド、書き物机、本棚は彼の息子の手に渡った。遺稿も息子に遺贈された。とはいえもちろん、こうした詳細を私はまだ病院にいるあいだ知らされることはなかった。私の注意の大半は、これまで同様死にゆく部屋での成り行きに向けられていた。ある日、主任医師から、死にゆく部屋を出て別の、彼自身の表現で言えば、「もっと親しみやすい部屋」へ移らないか、と提案された。まったくもって不意に、主任医師は、そもそも私を死にゆく部屋のベッドに寝かせたということの恐ろしさ、同時にそのナンセンスを意識したに違いない。今の時点になってからではあるが、この間違いを正そうと考えたのだ。回診のあいだ、死にゆく部屋から出て、「別の、もっと親しみやすい部屋に」移るよう、繰り返し私に言い募ることによって。「別の、もっと親しみやすい部屋に」、ということの言葉が、今でもまだはっきり耳に残っている、この言葉と一緒に、今でもまだ主任医師の顔がはっきりと見える。何度も何度も繰り返し、「別の、もっと親しみやすい部屋に」と言ったのだが、そう言いながらこの医師は一瞬たりとも、この言葉の忌まわしさ、凄まじさを意識しなかったらしいのだ。「もっと親しみやすい部屋に」、と繰り返したが、そもそも本来粗野で無神経な人であった彼は、自分が言ったことを理解していなかった。私は部屋を変えたくなかったので、死にゆく部屋に留まることに拘った。数週間、数カ月が経過する中で、ここにいることが私の習慣となっていた。主任医師は私に、死にゆく部屋から出ることを強制できたであろうが、結局、首を振って断念した。主任医師がこんなに何度も、「もっと親しみやすい部屋に」と言ったときの無思慮、同時に破廉恥、低劣さについては、長いこと考えずにいられなかった。こうした発言は、何時間ものあいだ私に、人間の持っている粗暴さについて考えさせ、この粗暴さを孕んでいる愚かさについて、考えさせずにいなかった。身体的苦しみから解放され、死にゆく部屋のような病室では避けることのできない医療上の、また医療以外の負担にさいなまれ続けながらも、今ではもう恐ろしいことですら容易に片付けるべき日常として過ごしていく習慣ができて、熟練患者となった私は、次第に生々しさを増していく観察対象について熟考するための、あらゆる前提を持っていたし、それに適した多くの光景や出来事をいわば歓迎す

＊1　「シュラートミンガー」はオーストリア、シュタイヤー地方のシュラートミングで製造される山羊のウールを原材料として使った高級外套。

べき気散じとし、教訓に富んだ研究対象とするための、あらゆる前提を有していた。私は、既に治癒過程がかなり進捗した、ある特定の時点において、思考の愉しみ、つまり、私が観察した対象を分析し、分解し、解析することの愉しみを、再び発見したのだ。私には今やその時間があったし、また、邪魔されることもなかった。私の中の分析家が今やまた優勢となったのだ。ある日、主任医師は私に、退院ではなく、私を病院からグロースグマインにある「療養所」に移すことを告げた。グロースグマインとは、ウンタースベルクの麓にある、バイエルン国境にすぐ近い農村だった。この療養所は当時、州立病院の別館となっていたが、昔、つまり戦前はホテルだった建物で、現在はまたホテルに戻っている。とはいえ、そこに移るまでまだ一、二週間はここで過ごすことになっていた。私はもう立ち上がって、最初は看護婦たちに、のちにはいつも面会時間にやって来た母に介助されながら、再び歩くことを学んだ。立ち上がったままその姿勢を維持する試みは、当然ながら最初は惨めに失敗したが、突然私は、それまでしがみついていたベッドから身を離して、二、三歩進むことができたのだった。日ごと歩数が増えていった。母は私が歩いた数を数えていて、例えば月曜日に「八歩」と言ったとすると、火曜日には「十一歩」、水曜日には「十四歩」などと言った。ベッドまで歩いて戻るのはもちろんのことだ。ある日私は、死にゆく部屋のドアの前で、母を待っていることができた。二人とも幸せだった。あるころから母は、私のもとに新聞、雑誌、本を持って来てくれた。ノヴァーリス、クライスト、ヘーベル、アイヒェンドルフ、クリスティアン・ヴァーグナー、この時代に私がほかの何にも増して愛読した本だ。母が一冊の本を手にベッドのそばに座って読書に耽り、私が別の本を読んでいるということもあった。私にとって母の訪問のうちのもっとも幸せな時間であった。母は自分の幼少期や青年期のことを話してくれた。それは、私のこれまでの人生と比べても、楽な子供時代というわけではなかった。そして自分の両親、つまり私の祖父母について、私が知らなかった多くのことを語ってくれた。二人が生涯ずっと幸福に結びついていたということ、二人の旅行について、冒険について、二人が歳を重ねて行ったということについて。死にゆく部屋で不意に私は、母に対する親密で愛に満ちた関係を築くことができたのだ。それは、それまで十八年間の人生の中で私がずっと、辛いながらも断念せざるをえなかった母との親密な関係であった。病気は私たちを近づけ、長いこと離れ離れだったあと、再び私たちを結びつける力を持っていた。そもそも、病気になったことで、私たちは再び一緒になれたのであった。母が話をしてくれたり、例えばローレンス・スターンの『感傷旅行』のような、それが祖父の愛読書であったことを私も知っている本の中から、朗読してくれたりすると、私は二時間の面会時間のあいだ、母の朗読が終わらないでほしいというそのことだけを感じ、またそのことだけを考えながら、休みなく耳を傾けていることができた。だが、体温計を手に看護婦が死にゆく部屋に入ってきて、それと同時に面会時間の終了が宣言されると、朗読はいつも唐突に終わることになった。祖父が亡くなって間もないこの時期、祖父のこと、つまり母から見て父のことについて母と話すことはあまりなかった。すべてはまだ、祖父の死の影響下にあったのだ。だが、それに触れないことで、祖父の死は私たちにとって比較的耐えられるものとなった。母の話では、祖父の墓は墓地の外の塀ぎわに作られたという。墓地の真新しい区画が計画されていた空き地で、そこには祖父の墓があるだけで、まだまったく使われていない区画だった。母は毎日そこへ行って、二、三分間墓のそばで過ごしたあと、家へ帰るのだという。祖父の部屋に足を踏み入れること、まだ依然として独特の匂いが残っている祖父の部屋に入ることについて、母は、私にはなかなかできないわ、あの部屋はできるだけずっと換気をしないで、窓を閉めたまま、匂いをそのままにしておきたいの、と言った。母は、自分でそう言ったのだが、祖父の人生に対して明らかに「隷属的」に結びついていた自身の人生が、今は無意味になった気がしてしょうがないという。夜は眠ることができず、心配はもっぱら私の将来に向かっていて、その将来にすっかり途方に暮れている、と言った。これまで私がいつも「お父さん」と呼んできた私の後見人、すなわち母の夫と相談しても、――相談とは言ってもそもそも短めの、それどころかごく短い言葉を交わしただけなのであったが、――何の解決にもならず、母をただ、さらに途方に暮れさせ、失望させただけだった。幼い子供たち、つまり私の弟と妹は、何も分かっていなかったが、それでもこうした恐ろしい出来事のすべてにショックを受けて、本来ならもっとも保護され、大事にされねばならない年頃だというのに、大人と同じくらいひどく苦しまねばならなかった。それが、母は心配だという。祖父の病の原因、結局、ほかの状況下なら死ぬ必要はなかった筈の年齢、六十七歳で死なねばならなかった原因は、母によると、私の病気の原因と同じく、戦争にこそあるに違いない、みんなの心と精神と肉体をこれほど長いこと餓えさせ、虐げてきた戦争にこそ。一生のあいだ、私の母に対する関係は距離を置いたものだったし、不信感、いや、猜疑心から一度として自由だったことはなく、多くの場合それは確かに、敵対的と言える関係だった。その原因についてはもう一度探ってみなければなるまいが、ここで究明するのは脱線になるだろうし、いずれにせよまだ早過ぎる。とはいえ、このとき私は彼女つまり自分の母親を再び見つけた、いや、自分のために再び発見した、と思ったのだ。ひとたびはっきりと悟ったのだが、母はその本性において、祖父にもっとも近かった。母の弟、つまり私の叔父よりも、母のほうが祖父に近かった。母がベッドのそばに座って話をしているとき、私は、面会時間をとても短く感じたことを覚えている。母が言ったことはすべて、上品さと感受性、注意力に満ちていた。母は、自分の父親に対して愛情溢れる娘であったが、今、ようやく私から見ても、同じように愛に満ちた母親となり、これまでとは一転して、誤解し合うこともなく、しばらくのときを一緒に過ごすことのできる存在になったのだ。これまでは常に、極めて難しい形で辛うじて成り立っていた二人の関係から、とげとげしさが消えていた。母には音楽の才があると言われていたが、間違いではなかった。美しい声をしていて、ギターを弾いた。私の音楽性は母から受け継いだとしか考えられない。だが、いわゆる高等な音楽、それも高尚な音楽というものは、母には生涯、閉ざされたままだった。彼女は、祖父の容赦ない、度外れて硬く絶対的な厳しさと支配のもとで身を持ち崩してしまわないように、若い娘時代に早くも祖父から離れて、自身の道を歩まねばならなかった。それが、しばしば人生の奈落のごく近くを通る道であったことを、私は知っている。父親が抱いていた、生涯やむことのない芸術への意志ゆえに、普通の学校ではなくウィーンの名門バレエ学校に入れられ、宮廷歌劇場の踊り手としてバレリーナの経歴を積むことが期待されたこの子供は、急に現れた激しい病のため、野心的な父親に強いられたバレエの苦行からはようやく逃れることができたのだが、結局はその父親のため、寄る辺のない弱い自分を幾度も幾度も犠牲にして、ただ両親の生活を維持するという目的から、考えられる限り様々な仕事をしてお金を稼がねばならなかったのだけれども、ほかの誰よりも自分の父、つまり私の祖父を尊敬していて、その影響から決して逃れることができなかった。母は実際、自分でも言っていたが、父親に隷属していた。そしてその愛は、父親から一度として同じくらいの愛で応えられたことはなかった。母はそのことに一生悩まねばならなかった。祖父は、自分の子供たちに対してよい父親ではなかったのだ。そもそも、家族に対して少しも真剣に向き合うことがなかったし、それができない人だった。祖父には我が家と言えるものがなかった。あるとすればそれはいつも自分の思索の中であり、祖父の家族とは、偉大な思想家たちなのであった。自分でも言っていたが、ほかのどこにいるよりも、そうした人たちの中にいるときにこそ自分は守られていて、居心地がいいと感じていたのだ。三月初旬の明るい、凍るほど寒い冬の日のお昼ごろ、私は、病院の白い車でグロースグマインへ運ばれた。担架に乗せられ、暖かいウールの毛布を三枚かけていた。病院の、広く開かれた門を抜け、ミュルン大通りに出ると、アイグルホーフを経て、私たちの住まいのすぐそばを通り過ぎ、マックスグランを抜け、私自身、目で見ることはできなかったが、車はヴァルトベルクの方角へと走って、マルツォルを通り、ウンタースベルクのほうに向かっているように思われた。この移動によって、一つの時代が終わりを迎えた。私は最初の古い人生、古い存在を終了し、それまでの人生でおそらくもっとも重大な決断をして、新しい人生、新しい存在を始めたのだ。この決断は今に至るまでの、私にかかわる事柄のすべてを規定している。私はまだ、外の世界に放免されたわけではなく、森が豊かで空気が綺麗な、病人を入れる別の拘置所に入れられただけだった。たった十六キロの距離を移動しただけで、へとへとに疲れ、到着後、自力では担架から立ち上がれなかったことを覚えている。私の担当を命じられた二人の看護士が、車からホテル・フェッタールまでのほんの数歩を、私を支えて歩かねばならなかった。エレベーターが、私とこの二人の看護士を四階まで運んだ。私は、道路に面した側の部屋に入った。部屋からは直接教会を見下ろして、その向こうに墓地を眺めることができた。部屋にはベッドが二つ置かれていて、若い男がひとり寝ていた。建築学の学生であることを、まもなく知った。二人の看護士は、私をベッドに座らせるとすぐいなくなった。そのあと、いわゆる世俗のシスターが、ハンドタオルと種々の書類と体温計を持って、部屋に入ってきた。私はすぐ体温計を脇の下に入れさせられた。荷物はどこにあるのかと看護婦は尋ねたが、私は、洗面具を入れた袋以外、何も持っていなかった。衣類は持って来ていないと言ったにもかかわらず、彼女は部屋にある二つの衣装ダンスの片方を開けて、服を掛ける場所を示してくれた。まだ少なくとも今後数日は、立ち上がって歩くこと、ましてや建物の外に出ることなど考えられないし、家族が衣類を持って来てくれるまで暫くかかる、と私は言った。ベッドに横たわったまま私は、傍らに立っている看護婦に対して、私自身に関するいくつかの問いに答えねばならなかった。同室の患者は私の答えを、耳をそばだてて聞いていた。誕生日が二月九日なのか十日なのか、私があいまいにしか答えられないことに、彼女はいらだった。そうしたとき私はいつも、「九日または十日」と言っていたのだが、その答えを彼女は認めようとせず、結局彼女のほうが、なぜかは分からないが十日に決め、書類に「十日」と記入した。彼女の義務は、この施設の規則のうち、本質的な幾つかのきまりを、私に了解させることであった。この機会に私は、彼女が何度もはっきり、次の点を強調したことに気づいた。町の商店で買物すること、飲食店に入ること、子供たちと話すことは、私には禁止されているということ、――彼女はいつも「患者には」ではなく「あなたには」と言った――そして、夜の八時までに私はこの建物に戻っていなければならない、ということであった。状態からして私がほとんど歩くことすらできないということは、よく知っていた筈だし、着るものすら満足に持っていないことも、分かっていたであろうに。食事の時間になったら遅れることなく現れなければならない。食事は部屋に運ばれる。面会は面会時間中のみ許可される。夜の九時以降は静かにすること。ホテル・フェッタールに入ったときのこのガイダンスは、私にすぐ、シュランネン通りにあった寄宿舎を思い出させた。私はあっという間に疲れ、ぐったりしてしまい、この看護婦の無思慮ぶりをゆっくり考える気を失った。彼女の問いに私が答え、彼女が最終的に答えに満足したあと、彼女は部屋から出て行き、私は同室の患者に向きあうことができたが、この患者と話を始めるには至らなかった。私は、瞬間的に眠りに落ちたのだ。そして数分後には、食事の時間となった。食事は木製の車に載せて、配膳用リフトから直接私たちの部屋に運びこまれ、配膳された。私がベッドに座ったままひどく苦労してどうにかやっと食べることのできたこの食事が、初めて同室の患者と話をするための機会となった。彼はこの部屋に来て既に三週目で、あと三週間いたら、家に帰ることができると考えていた。本人の話では、私とまったく同じく、病院の第一内科から、私より三週間前にここに運ばれてきたのであった。私と違って一等患者で、私が二十六人の大部屋にいたのに対し、彼は病院でも二人部屋に寝ていた。そんなふうに状況が違っていたというだけで、彼が病院について語ったことは、私の話とまったく異なるばかりか、多くの点、ほとんどの点で、正反対だった。彼の体験は私の体験とはまるっきり違っていたし、彼の話した出来事も私のものとまるっきり違っていた。というのも、一等患者として二人部屋に寝ていたという、もともとそうした優遇があって、あの大病院で毎日起こっている沢山の恐ろしく震撼させる出来事に少しも触れずに済んだため、多かれ少なかれ彼は、私が体験した類の事柄からずっと隔てられていたのだ。一人で寝ていれば、一等患者はただ自分の苦しみを苦しむだけ、自分の痛みに耐えるだけであって、観察の対象は自分という病んだ人間と、自分の周囲だけだ。ところが、一等患者ではない他の患者は、自分の苦しみ、自分の痛み、自分という病んだ人間の観察を、部屋を共有している他のすべての人々の苦しみ、痛み、観察と関連づけなければならない。今、私と同室になったこの患者の場合、その対象はたった一人の別の患者であったのに対して、私の場合、自分以外の二十五人の患者だった。だから、病院がどんなだったか、私が語ることができた内容は、当然、この建築学専攻の学生が語ったこととは、まったく異なるものとなった。とはいえ私は、すぐに親しくなった同室のこの患者は、私が自分の体験から受けたような深刻で、傷つけ狼狽させる、破壊的な影響を受けることがなかった、と言いたいわけではない。しかし、いわゆる一等患者とはいつも、当然だが、いわゆる普通の単純な患者とは視野が異なるものなのだ。いわゆる普通の単純な患者は、ほんの些細なことであっても決して要求などできず、一等患者とは違って、結局何も免れることがない。なぜなら普通の患者は、一等患者とは違って、どんな瞬間、どんな機会にも、何か、ほんの目立たない形ですら、大事にされるわけでも、守られるわけでも、隔絶されるわけでもないのだから。ところが一等患者のほうは、大抵の場合、この上なく醜いものを見たり、この上ない恐怖を味わったりということをまず強いられることはない。一等患者の前ではすべてが弱められ、和らげられている。他の患者は何であれ、繰り返し、少しの配慮もなく、厚かましく要求されるが、一等患者にはそういうことがない。その後、この国の医療に関しても多くの変化はあったが、依然として病院の中の階級分けは廃止されていない。我々は、そこでの階級が撤廃されることを頑として求めなければならない。それも、できるだけ早く撤廃されることを。なぜなら、よりによって病院の内側に依然として階級があるという事実は、人間の尊厳を本当に損なうことであって、社会政治上の倒錯なのだ。今、急に病院からグロースグマインのホテルに移されたことで私は、病院という絶え間なく続くあのメカニズム、間違いなく災いと破局のメカニズムである病院の中から引きずり出され、予告こそされてはいたが、結局は大慌てで森の中へと、今の季節、ほとんど一日中暗がりになっている山の中へと移し換えられたのであった。そこには、始めのうち私を苛立たせ、その後苦しめさえした静けさ、昼も夜もいつも同じ効果を及ぼす静けさがあったが、この静けさの中で私は落ち着くことができなかった。病院から出されて山間部へ、森の中へ移されたこと、その変化が私に与えた負担はこの上なく重かった。そしてこの変化は、不意に私をまた、自分を責めつづける考えへと落とし込み、そうした考えから私は数日間抜け出せなかった。その場を離れた今になってようやく、入院中に起こったあらゆる恐ろしいこと、私の病気、祖父の病気、祖父の死に関するなりゆき、事件、出来事のすべてが、次第に明瞭に、はっきりと見えてきた。私はこうしたなりゆきや事件や出来事を分析できるほどにはまだ成熟していなかったけれど、ホテル・フェッタールで受けた新しい印象のもとで、ザルツブルクの病院に入院していたころに体験した経過や事件や出来事が実際何であったのか、今、次第に明らかに、あるいは少なくともおおよそ明らかになったのだ。とはいえ、最初の数日間、このホテルは私にとってただ推測するだけの建物でしかなく、まだ少しも視野のうちに収まってはいなかった。私は病院にいたころの体験を頭の中で処理し始めた。フェッタールでの日課は、病院でのそれに比べて最小限だったから、体験処理の背景として好都合だった。建築学専攻の学生が邪魔するということもなく、次第にこの精神的鍛錬は、私にとって本質的なものになった。どんな度外れた出来事あるいは事件にも、それを分析するのにちょうど適した特定の時点というものがあり、分析はその時点に行わねばならないということを、私は学んでいた。そして、事柄についての自分の知識から、この適切な時点、いや、最適な時点をすぐ見つけ出して、それを特定する能力を修得していた。今、私は、たった今自分が逃れてきたところ、そして今明らかに、もう戻りたくない、と思っているところについて、あれは何だったのかと、すんなり自分に問うことができた。方法の適用はうまくいった。関連性が生み出され、時間の経過はうまく機能し、頭の中に脈絡の糸を得た。これ以上なく頭がはっきりした瞬間には、疑う余地もなかった。それは、それ自体に関して整合性が認められるだけでなく、それ自体のうちでも辻褄の合った展開であった。それは、おそらく私が、病気によってもっとも命の危険にさらされた瞬間、運び込まれた浴室の中で結末へと導いた展開なのであり、私が二つ目の人生へ、二つ目の存在へと決意したその同じ瞬間、あきらめまいという決意によって、将来へと拡大させた展開なのであった。この決断を私は完全に自分ひとりで行った。この決断はごく短い時間で下されねばならなかった。ほんの一瞬のうちに。私がここでしたように、少しも妨げられることなく何日も、何週間も過去と未来について深く考え、この考察を実際知的な思索にまで高める機会をこれほど集中的に利用し、これほど多くの実りを結んだのは、以前も以後も稀であった。グロースグマインでの出来事、日々の経過はもう、現在のものではなくなり、ザルツブルクの病院で起こった過去の出来事、過去のなりゆきとなった。いずれにせよ、グロースグマインで私が部屋から出ることのなかった最初の数日、数週間、目の前の出来事やなりゆきには何の意味もなく、過ぎ去った事柄とは比べようもなかった。一週間滞在して、そのあいだになんとか空気の変化にも慣れたあと、ようやく私は立ち上がり、部屋の外の新しい環境を目にすることができた。この集落は、バイエルンとオーストリアの国境に接していて、その国境線は、いくつかの箇所で激しい流れとなる渓流に沿って、走っていたのだが、たいていは薄暗くて、何も親しめそうなものはなく、想像しうる限りでもっとも冷たい山間部の一集落であることは確かだった。部屋の窓から見える教会と、ちょうどこの窓から中を覗くことのできる墓地の周囲に、山麓に伸びる丘陵に挟まれて農家が二、三軒、飲食店が二、三軒建っており、それらの建物を凌駕するように、おそらくは世紀転換期に建てられたホテル・フェッタールがあって、ほかには何もなかった。要するにここは病人のための土地で、特に肺を、そもそも呼吸器病を患った病人に適したところだったのだ。そしてなるほどまさにこのことが、ホテル・フェッタールを、役所の正式名称で言えば、「呼吸器病患者のための療養施設」として使う決定がなされた理由でもあった。戦争とその結果は、ホテル・フェッタールをホテルとして存続させることを無意味にした。州政府はそれゆえ、ホテルを州立病院の支所にしたのだ。だが、実際のところホテル・フェッタールは、そこに収容された患者がみんな本当に健康を回復していった療養施設というわけではなく、そこに移された多くの存在にとっての終着点でもあることが、私にはようやく、時とともに分かって来た。ほどなく相部屋の患者から聞いたところによると、この施設はいわゆる「重篤な」患者の滞在場所でもあったのだ。市内の病院に長いこと入院していたが死ぬには至らなかった人、ただ死ぬという目的のためにグロースグマインに運ばれてきた人、大部分はそういう患者が、ここに収容されていたのだった。彼らは、医学的にはもはや何の手の施しようもない、「見放された症例」だった。ホテル・フェッタールにいたのは、一部はこの見放された患者たちであり、その後私自身この目で見ることになったのだが、他の一部は、実際に療養目的でグロースグマインへ送られてきた、多くは比較的若い患者たちだった。しかし見放された患者たちに関しては、長いこと何も目にすることはなかった。当然のことだ。彼らのほとんどは、自分の部屋を出ること、少なくとも生きて出ることは、もうできなかったから。そしてそれゆえにこそ、始めのうち私は彼らを見かけることがなかったのだ。同室の建築学専攻の学生は、ある日、それに適した頃合いだと判断したのだろう、次のことに私の注意を促した。窓辺に立って、私に、墓地の後ろ側にあるいくつかの新しい、あるいはできてから少しだけ時間が経った単なる土の山を指し示したのだ。横殴りに降っていた雪が、この光景の背景にはぴったりだ、と彼は思ったのかもしれない。あの土の山は、と同室の建築学専攻の学生は言った。最近ホテル・フェッタールで死んだ人たちの墓なんだ。私は、十一か十二個の土の山を認めたが、おそらくなおいくつかの墓が、教会の壁に隠れていたのだろう。毎年春になると、と同室の男は言った。二、三個ずつ、新しい山が増えるんだ。フェッタールにいるあいだ、もう四度も窓から埋葬を眺めることができたよ、と言った。こうした重篤な患者は、病の軽い患者たちから見えない存在なのだ。窓から眼下の墓地を見下ろすことで初めてその存在を知ることができる。彼自身、この家の中の重篤な患者と、墓地の土の山が増えていく関係に、ある日気が付いたのだという。ほんの三週間前、昔は女優として名をはせた患者と、彼女の部屋でカード遊びをしたのだけれど、と彼は言って、最後から二番目の土山を指さした。カード遊びの相手はそこに埋められているんだ、もう一週間になる、と言った。三月と四月は、よく肺病病みが不意に、あっという間に死んでしまう、そういう月なのだ、世界中の墓地を見れば明らかだ。この男の話には、いつ聞いても肺病病みしか出て来なかったから、ようやく私も、フェッタールには実際、肺病患者しか収容されていないということに思い至った。「肺病」という言葉を聞いただけで、いつも恐怖に駆られた。今では日に何度もこの語を聞くことになったので、それに慣れてしまったが。実際、ここフェッタールに収容されていたのは、ほぼ例外なく肺病患者だった。恐怖を与えることがないよう、責任者たちはフェッタールを前にも書いたとおり「呼吸器病患者のための療養施設」と命名し、いずれの書類にも「呼吸器」としか書かれておらず、決して肺には言及されていなかったが、しかし実際のところ、フェッタールはほぼ例外なく、肺病患者のため、大部分は治る見込みのない、見放された肺病患者のためのものとされていたのだ。何も知らない私は、おそらくは生きていくために不可欠な自己防御機能を働かせたのだろうが、自分の病気を肺病だと考えることはなかった。当然、私のこの病気は初めからもう、まさに肺の病だったのだけれど。肺病という表現で私が実際に理解していたのはしかし、別の病気のことだったたし、肺病病みとは、別の患者のことだった。医学上の厳密な意味では私は肺病ではなかった。肺を患っていたのは事実だが、それでも私は肺病病みではなかったのだ。だが、肺病患者でいっぱいの、それも、前に書いたとおり重篤な肺病患者でいっぱいのこのフェッタールで、自分も肺病病みになるのではないかという不安があった。フェッタールにいた大抵の肺病患者は開放性の、つまり周囲にとって危険な肺結核を患っており、当時、一九四九年には、この病気に立ち向かうのはまだかなり見込みの薄い行為だったのだ。肺病患者となったら当時、助かる見込みはわずかだった。ごく早い時期に、フェッタールが「開放性結核」を患う人たちでいっぱいだということを知ったその瞬間から、私には、自分をフェッタールに転院させた医者たちの指示が信じられないものに思えた。もちろん今、私は、最初の日に看護婦がこの施設の規則を説明してくれたとき、なぜ当地の商店や飲食店に入ったり、子供たちと話したりすることは禁じられていると言ったのか、理解した。看護婦は私を肺病患者として案内し、肺病患者として扱ったのだ。肺を患っていたとはいえ、私は肺病病みではなかった。医者たちは私をフェッタールに入れるように指示してはならなかったのだ。医者たちは私の家族に、私を「療養所」に移すとだけ伝え、それ以上何も説明しなかった。今では家族のみんなも、私が肺病患者の溢れた施設に収容されていて、いずれにせよ結核感染の危険に晒されている事実に直面していた。というのも、フェッタールに滞在している者はみな、当然ながら直接間接にあらゆるものに触れる状況だったし、感染性の患者もそうでない患者も、みんなが何度も出会ういわゆるレントゲン室でも洗面所でも浴室でも、感染の危険はいつも最大だったのだ。おそらく私は、結核と、その後最終的に私の重い肺の病となったものを、あそこで、グロースグマインのフェッタールでもらったのだ、と今では思っている。というのは、グロースグマインに来た当初の私はこの上ない衰弱状態にあったから、当然、いかなる免疫をも持っている筈がなかった。そして、医者たちが私に請け合ったのとは異なり、実際のところ私は病を完全に癒やして健康になるためにグロースグマインに行ったのではなく、むしろグロースグマインに行ったことで、のちに現れた重い肺の病、私の生涯の病に罹ったのだ、と今では思っている。だがこれは、今は書くまい。フェッタールに来て最初の数日、最初の数週間、私は「肺病病み」ではなかった。だが、他の患者たちのような肺病患者になることへの不安は、ここにいるのがほぼ肺病患者ばかりだということを知った瞬間から、最大になった。絶えず私はこの不安の中に生きており、この不安の中で目を覚まし、この不安を抱いて眠りについた。だが、その一方で私は、医者たちの矛盾を自分の中でまだ完全には論証しきれていなかったから、彼らの力を何度も頼りにしていて、医者たちがそれと知りながら私をフェッタールに送って肺病罹患の危険に晒したなどとは、信じることができなかった。だから、私はずっと考え続けていたのだ。自分をグロースグマインに送った医者たちは実際、それほど無思慮で、この点に関してそれほどに低劣で、無責任だったのか、それともそうではないのか、と。しかし、しばしばそうなのだと思わずにはいられなくなったし、彼らがそれほど無思慮で、それほど低劣で、無責任であったことは、のちにはっきりとした。彼らは、自分の健康のために戦っている青年を、本当に無思慮にも低劣にも無責任にもグロースグマインへと送ったことによって、治癒ではなく、ほとんど死の中へと送り込んだのだ。だが、これについては何も言うまい。自分自身への私の信頼は、医者たちへの私の不信よりも大きかった。それゆえ、最終的にはいつの日か、何の危害を被ることもなく本当に健康になって、フェッタールをも後にすることができる、家に帰ることができるのだ、と、何度となく、強く信じることができたのだった。夜も開いたままの窓から流れ込んでくる新鮮な山の空気が、心地よかった。家のみんなは私がフェッタールに着いたあとまもなく姿を見せて、私がここに滞在するための必需品をもたらしてくれた。衣類が二、三着含まれていたが、その中に、私が着てもいいようにと祖父から貰ったものがあった。足がぐらぐらして頭もはっきりせず、むしろ気分の悪さを感じていた私は、母の前で衣類を試着したあと、またベッドに横になった。母が帰っていったあと、私は、生前祖父が好んで身に付けていた、今では形見として私のものとなった衣類を、ベッドから、開いたままになっている衣装棚の扉のうちに眺めることができた。何時間ものあいだ私は、この楽しみを長引かせようと努めた。フェッタールでの日々は、随分早く過ぎた病院での日々とは違って長く引き伸ばされ、部屋では穏やかな、何も起こらない時間がほとんど中断されることもなく続き、その時間を埋めるため同室の患者と始めた会話は、始めは躊躇いがちであったが、まもなく詳しいものになっていった。私は徐々に、仕舞いにはかなり無遠慮な質問もして、この患者の全人生の物語と、最終的には彼の病歴も聞き知ることとなった。最初のころはまだ本を読んだりしなかったけれど、記憶によれば、何日かして私は、私の希望に応じて家族がザルツブルクから持って来てくれた本を、グロースグマインで読み始め、それまでの自分には閉ざされたままであった世界文学の扉を開いた。グロースグマインで突然、いわば一夜にしてこの決心が私の中に熟したのだ。それを実行する際、どんな前例にも依らなかった。私は、祖父の人生にとってもっとも重要な本がどれであったか知っていたから、単にそうした本をいくつか、祖父の本棚から取り出してグロースグマインに持ってきてくれるよう頼んだのであった。今なら読んで理解できるだろうと思った。こうして私は、まず初めにシェークスピアとシュティフター、レーナウとセルヴァンテスのもっとも重要な作品を知った。今振り返れば、これらの文学の豊かさを当時本当に隅々まで理解したなどとは言うことができないが、私はそれらを感謝の念を抱きながら、最大限理解しようという気構えで受け入れ、自分なりに得るところがあった。私はモンテーニュを、パスカルとペギーを読み、その後いつも私の伴侶となり、私にとって重要な存在となった哲学者たちを読んだ。そして当然ショーペンハウアーだ。ショーペンハウアーの世界と思索には、既に祖父の手ほどきで導き入れられていた。もちろんその哲学にではないが。しばしば夜も随分遅くまで読書を続けたから、いつも同室の患者との議論のきっかけになった。彼は彼なりのやり方、彼なりの事情で文学や哲学の、もちろんそれにもまして哲学することの、よい訓練を受けていた。同室の患者に関して、私は運がよかった。時が経つにつれ、以前のようにまた新聞も読みたくなった。いつも、新聞を読むとすぐ嫌な気分になったが、結局それは、新聞を読むことが再び日々の習慣となることを妨げはしなかった。当時からもう私は、新聞を手に入れてはそれを読んで、必ず嫌な気分になるという、毎日繰り返されるこの、今から見れば分かるが、生涯続くメカニズムに完全に囚われていた。祖父は、私とまったく同様に生涯新聞を嫌悪していたが、祖父と同じく私もまた、新聞を読むという、あの癒えることのない病気に囚われていた。こんな具合にグロースグマインでの日々は、本を読むこと、新聞を読むこと、哲学すること、そして同室の患者と交わす世間話によって埋められたが、当然、第一の話題は、病気と死であった。もちろん、フェッタールで起こる突然の予期せぬ出来事が、いくらか気散じにはなった。誰かが到着したり出発したり、死人が出たり、毎週の診察やレントゲン検査に係わる問いや答え、医師の処方、患者の「行動規則」だ。私は、自分の実際の病状について疑念を一瞬も拭い去ることができなかったし、将来に目を向けるのはいつも怖かったけれど、それでもフェッタールでは安心できる状態に置かれ、ずっと遠くに見えなくなったままのあの町で病院にいたときの境遇から、結局、もっともよいと思われる形で逃れることができたのだ。昼のあいだはまだ、悪夢を抑え込むことができた。が、夜になるとそれだけ一層おどろおどろしい悪夢の表象を封殺できなかった。夜のあいだは悪夢に引き渡されていた。ときおり君は、叫び声をあげて目を覚ましたよ、と部屋の同僚は言った。その彼は、まもなくするともう家に帰れる見込みで、ウィーン工科大学に復帰するため、一連の当該分野の本を読んで準備していた。既に前年の秋に大学での学業から引き離され、初めはウィーンで、それからリンツで、最終的にザルツブルクの病院で治療を受け、二月末にグロースグマインに送られてきたのであった。彼の両親はいつも決まったときに息子に会いに来た。彼自身が語るには、彼らはメンヒスベルクの南側の風光明媚な場所に持ち家を構えていて、父親は職位の高い「鉄道エンジニア」だというのだが、今に至るまで私はこの語から、何もイメージすることができない。彼は私が決して持つことのなかったもの、すべてがその下に従属している、いわゆるきちんとした家庭生活を持っていた。ときおり私は、そうした家庭生活を一度も経験することがなく、決して知ることもなかったことで、自分が決定的不利益を被っているという風にも感じたが、しかしまたそれを厳密に考えてみたとき、いつもそうした家庭生活に嫌悪を感じた。私はそうしたものを望んではいなかったのだ。彼の病気は、私の病気とまったく同様、正確に確定できるものではなかった。医者たちは彼の場合も何かを確認したり解明したりするよりも、なんだかんだと議論するばかりだった。とはいえ、彼には肋膜炎はなく、そもそも何ら急性に発現した病気も認められなかった。本人の表現を使えば、「左の肺翼の下部に怪しいいくつかの影」があったのであって、それらの影は、レントゲン画像でときにははっきりと、別のときにはまったく確認できないのであった。要するに、彼が入院していたのはいわゆる予防措置に過ぎず、医者がそれを求めたというよりは、両親がそれを要求したのだ。グロースグマインもまもなく釈放だ、と彼が考えている今の時点でもまだ、あるときは肺に影が映っていると言われ、別のときには反対に、影は見られないと言われて、階下のレントゲン室から部屋へと上がってきた。医者たちは彼を不安にしたが、本人と、そして結局両親も、最終的には彼が再び生の世界へ、大学へ戻れるようにと最大限努めていた。彼を眺めていると、とりわけ彼がそれについて話すのを聞いていると、自ら選んだ専攻科目である建築学に彼が才能を持っていることは疑いえなかった。とはいえまた当然のことだが、彼と私のあいだには理解の限界が幾度も認められた。この限界に達したとき、二人はただ話を打ち切って、自身の、つまり正反対の方向の読書に逃げ込んだ。齢が若い人と話をする習慣から私は、もう随分長く遠ざかっていた。突然また若者と、それもほとんど同年齢の若者と一緒にいるという事実に適応するのに、しばらくの時間を、二、三日を要した。この最初の困難を克服できたときには、もううまくいっていた。同室の患者を、結局理想的な同居人だと感じたのだ。まったく別の人にあたる可能性もあったわけだから。ある日のこと、母が、ある曲のピアノ用抜粋版楽譜をザルツブルク市街で購入して、持って来てくれた。祖父が、お前に買ってやろう、と約束してくれていた『魔笛』のピアノ抜粋版だった。思うに、私の望みを母は祖父から聞いたのに違いない。この希望を私が打ち明けたのは、祖父だけだったから。このとき母が私に語ったところによると、祖父は、『魔笛』の譜面を誕生日のプレゼントとして私に贈るつもりであったという。今となっては母自身がヘルリーグル書店に行って、私のために『魔笛』を買ってきたのだ、と言った。「遅ればせだけれど」、と母は、譜面を小さなリュックサックから取り出した瞬間に言った。このリュックを背負って、バスでグロースグマインにやって来たのだ。『魔笛』は、初めて聴いたオペラだからということもあるかもしれないが、私の大好きなオペラであり、今に至るまでそれは変わらない。以前の私なら最高の幸福を感じたであろうまさにそのものを、今、私は手に入れたのだ。だが、それは今の私を絶望させずにはいなかった。なぜならその間に、いつかまた歌えるという希望は完全に奪われていたのだから。私は、自分がそもそもまだ歌う声を持っているかどうか、試してみることすらしなかった。手に入った『魔笛　ピアノ抜粋版』はつまり、私が望んでいた幸福とはまったく異なるものだった。それは予期せず突然、また恐ろしいくらいにはっきりと、私の限界を示した。だが、私がセンチメンタルな気持ちに囚われていたのはごく短い時間だった。私はピアノ抜粋版を衣装棚の中に隠し、できる限りもう手に取ることはすまい、と肝に銘じた。私の記憶では、母は決まって隔週の日曜日に夫、つまり私の後見人と、弟と妹を伴ってグロースグマインにやって来た。ときおり、バスの運賃を節約するため、十六キロもある距離を実際歩いてやって来たのだが、母にとってそれはいつもあまりに難儀なことであった。当時まだ砂利道だったし、上り坂は誰でもすぐへとへとになったからだ。しかし母は一度も欠かそうとはしなかった。私が待っていることを知っていたから。今では母が、私にとって一番身近な人間だった。当時の私は基本的に、母が帰ってしまうといつも、また母が来てくれることばかりを待っていた。とはいえ一週間は長くて、時がたつにつれ次第に、気分転換をして時間を埋めることが難しくなっていった。その間に私はとうに起き上がれるようになり、ホテル・フェッタールの内部を探検して、おそらくは節約のために一日中暗くなっていて、それゆえ危険がなくはない廊下や、社交室と呼ばれるすべての部屋を見て回ったのだが、当然、これらの空間のいずれにももう、この建物がかつて人気のあるホテルであったという事実を思い起こさせるものはなかった。それは完全に、肺病患者のための治療、あるいは終末医療の目的で設備され、どの空間にも、壁の中まで病気の匂いが巣食っていた。建築学専攻の同室の患者はある日、一緒に村に出てみよう、と言って私を驚かせた。初めは心配だったが、冒険はうまくいった。初めは教会の周りを一回りし、それで好奇心が沸いたので教会の中に入り、さらには国境のほうに少しばかり歩いて、また戻ってきた。こうして最初の試みがなされると、それに続く数日、私はいつも同室の患者に同行して、歩く道程を遠くまで延ばし、だんだん、村のすぐ周辺の地域の美しさと安全性を知るようになった。四月初旬になっていた。自然を正確に観察することで、グロースグマインでの私の単調な生活に新しい気晴らしがもたらされた。結局、同室の患者は退院して、それからはひとりで探検に出かけるようになったが、ほんの二、三日もすると復活祭だった。私は勇気を出して、バイエルンの国境を越えてみた。単に、見張り番のいる橋の二、三百メートル上流で川を跳び越え、しばらくドイツ側の岸に沿って歩いて、そしてまた同じ道を戻ってきたのだ。いわゆる緑野の国境を越えるのがどんなに簡単か、もう充分試したから、翌日は同じ個所で国境を越えて、先へ先へと、仕舞いには四、五キロ離れたライヒェンハルまで行って、そうやって人生で初めて、祖母の生まれた町を訪れたのだった。こうやって国境を越えて往復していると、もちろん、二、三年前、家族がまだトラウンシュタインにいて私がザルツブルクのギムナジウムに通っていたころ、国境を越えて行ったり来たりしていたことがすぐ思い出された。今回、見つかって捕まえられることはまったく心配していなかった。見つかっても本当にどうでもよいことだった。私は、バイエルン側、と自分で呼んでいた散歩ルートのほうが風光明媚で面白い道だったので、ほぼ毎日国境を越えて向こうに行ったが、一度も見つからなかった。それどころか、ある日、思い切って夜の九時ごろ、つまり夕食を済ませてから国境を越えようとしたことを覚えている。夜の九時半に保養公園《クアパーク》でいわゆる「保養コンサート《クア》」が開かれることを耳にしたからだった。私はこの保養コンサート《クア》を実際終わりまで聴いて、夜の十二時ごろようやく、まったく気づかれずにフェッタールに戻ってきた。こうした企てが可能だったのは、私が部屋でひとりになったことと、少しも気づかれることなく九時ごろにフェッタールを抜け出し、同じく少しも気づかれることなく十二時にまたフェッタールに入ることができる抜け穴を見つけたお陰だった。遠くまで距離を伸ばして、それでもなお冒険的だったこの国境を越えての散歩こそ、この時期の私がかなりもう体力を回復していたことを証明してくれる。処方された薬は段々減らされ、検査の結果は私の一般的な状態が日ごとによくなっていることを示していた。レントゲン検査ではもちろん肺に注意が向けられていたが、検査技師の話では、そこに何ら病の徴候は現れていなかった。とはいえ、私の疑念は残っており、実際肺病になるのではないかという心配は、フェッタールでの自分を取り巻く状況を知ったことで、増大していた。お互い口には出さなかったが、私と家族のあいだにもこの不安がいつもあって、彼らの不安も前より強くなっていた。特に母がそうだった。結核の不安に対しては、何の薬もなかった。一方でみんなは、私が実際ここフェッタールに来て健康保険の負担で療養できたこと、母の言葉で言えば、「健康に呼吸」できたことをありがたく思っていたが、他方では、ここグロースグマインでの滞在が大きな過ち、命を脅かすものになるかもしれないという心配は、もちろんみんなの頭の中で無視できないものとなっていた。それを考えずにいられないのなら、我々にとって一番賢明なのは、これに触れないことだった。私は、山々に囲まれ守られたこの地域のよさを味わうことなく、当時この場所ではまだまったく人の手に触れられていなかった自然をどんな形でも利用することができず、残念ながら健康な人としてではなく患者として、この時期、この牧歌的田舎に暮らしていたのであったが、その牧歌的田舎の中心にはもちろん、あらゆる方法でできる限り世間から隠されてはいたものの、どこの牧歌的田舎にもあるとおり、裏面が、矛盾面が、地獄の穴があったのだ。この地獄の穴を覗き込んだ者は、命に係わるほどのその重みに用心しなければならなかった。とはいえ私の場合、ザルツブルクで州立病院の地獄をもう通り抜けてきたから、フェッタールでこうした致命的危険に晒されはしなかった。私は実際、ごく簡単に言えば危機を脱していたのであり、助けになる手段は既に沢山あった。これをやろう、という発想はとうに私自身の頭から出てきた。部屋の蔵書は既に数ダースの冊数に膨れ上がり、私はハムズンの『飢え』やドストエフスキーの『未成年』を、そして『親和力』を既に読んでいたし、祖父が生涯実践したように、読みながらメモを取った。日記をつける試みは、開始してまもなくやめた。フェッタールでは、その気になればありとあらゆる種類の人々と接触できただろうが、私はコンタクトを望まなかった。本とのつきあい、遠くの、大部分まだ未発見の領域へと向かう空想の探検旅行で充分だった。目を覚まして、この数か月と同様に、毎朝体温を測る義務をきっちり果たしたあと、すぐにまた本を、もっとも親しくもっとも近しい友人である本を手に取った。私は、グロースグマインで初めて読書に思い至ったのだ。突然の、その後の人生にとって決定的な思い付きだった。文学が数学として始められ、営まれるなら、つまり我々が完全にマスターしたとき、ようやくそれを「読書」と呼ぶことができるような、時とともに高まる、最終的には最高の数学的芸術として文学が営まれるなら、それは人生の、そしてどの瞬間であれ自らの存在の数学的解決を導き出しうるのだということを、祖父が亡くなったあと私は、ようやく発見したのだ。この考えとこの認識を私は、祖父の死に負うていた。一日一日を私はつまり、ためになるもの、有益なものにしたのであり、毎日は以前よりも早く過ぎていった。読書は私に、ここでもいつもぽっかり口を開けていた奈落を越えさせてくれたし、ただ破壊にばかり照準を合わせていた気分から、私を救うことができた。日曜日には見舞い客の面会があり、家族と顔を合わせたが、みんな、私が健康になって帰宅するのを待ち侘びながらも、同じくらいにそれを恐れていた。私が帰宅すれば、――当然みんなはそう考えずにいられなかった――ここ数か月の出来事や事件によって完全に破壊された彼らの存在に、新たな破局をもたらすに違いなかったのだ。私が今、あらゆる注意力を自分の中の歌手にではなく商人のほうに、つまり、いずれにせよ音楽にではなく商人という仕事に向けねばならないことは、彼らにとって自明だった。そして彼らは、見舞いのためにグロースグマインにいたあいだ、絶えず、直接的あるいは間接的に私の気持ちを商人の仕事に向かわせようと、歌手からは逸らそうとしていた。もちろん彼らにしてみれば、この肺で私が歌手の経歴を歩むのは明らかに不可能に見えたに違いない。それゆえに今、彼らはすべてを商人としての私の才能に賭けていたのだ。商人になれる可能性のほうが大きくて、より収入になりそうだと、彼らはいつも信じていたから。グロースグマインから家に帰ったら、できるだけ早く、つまり元気を回復したらすぐに、いわゆる商人見習いの試験を受けなさい、と彼らは繰り返し言った。お前にはこの試験を受ける資格がとうにあるのだから。そうすることで見習い期間をきちんと修了すべきだ、と。彼が商人見習いの期間を修了したら、私たちはホッとできる、と家族は考えてよかったのだし、今、商人の仕事に就くよう家族がしつこく勧めたことを、悪くとるわけにはいかなかった。だが、私自身は商人という職業にすっかり興味を失っていた。見習いの修了試験は受けるつもりだったが、それ以上何も望んでいなかった。ポドラハの店の仕事には戻るつもりだったが、商人になることはこれっぽっちももう考えていなかった。もともとそんな風に考えたこと、私の中でそれが真剣な考えとなったことは、一度もなかったのだ。というのも、私がギムナジウムを飛び出し、幾年かポドラハの店で見習いをしたのは、決して商人になろうという考えから出たことではなかった。本当に商人になろうというのなら別の道を選択しなければならなかっただろう。家族のみんなは、私の革命的行動をとことん誤解していた。もちろん、彼らは今、私がポドラハの店で見習いをしていたという事実に固執していたのだ。自分たちの誤解を彼らがまだ撤回していないこと、逆に、それを今なお遠慮なく利用しようとしているらしいこと、それに気づくと私は嫌な気がした。健康を回復したら自分はどうなるのか、つまり何になるのかという問題は、私に言わせればちっとも彼らの問題ではなく、もっぱら私の問題だった。私はまったく何にもなりたくなかったし、もちろん一度として何かの職業になりたいと思ったことはなかった。私はいつも、ただ私になりたいと思っていたのだ。だが、まさにこの単純であると同時に残酷な事柄を、家族のみんなは決して理解することはなかっただろう。復活祭のおり、母が弟妹達を連れて見舞いにやって来た。グロースグマインでの最後の日々が始まったのだ。思い出すのは、母や弟妹達と一緒にフェッタールの二階にあったバルコニーに出て、バルコニーの下を通り過ぎていくいくつもの楽隊を眺めたことだ。この種の行列は決して好きではなかった。そうした楽隊の音楽も私を魅了することはできず、むしろいつもこころを煩わせ傷つけた。そもそもこれまでの生涯、私はあらゆる種類の行列や行進がいつも嫌いだった。弟妹たちのために、おそらく下を通り過ぎて行く楽隊を見たいという彼らの望みをただ叶えてあげるために、我々はバルコニーに歩み出て、下を眺めた。こうした楽隊の行進、数百人の男たちが民族衣装と称する制服を着て行進し、馬鹿馬鹿しくも荒々しく太鼓を叩き、同じように馬鹿馬鹿しくも荒々しく金管を吹いている様子は、私の中にすぐ、このあいだまでの戦争を思い出させた。以前からいつも、軍隊的なものはすべて嫌いだった。だから当然、私はこの復活祭の行列にも嫌悪感を抱いたに違いない。田舎でのこうした威張り散らしたお祭り行列を、私はいつも心底嫌っていた。だが、民衆はこうしたお祭り行列を何よりも好み、群れをなして見物に押し寄せる。民衆はいつも、どの時代にも軍隊調のもの、軍隊的な残酷さに引き付けられてきたし、昔からいつも愚かなものが娯楽だと、いや芸術だとさえ称されてきたアルプス地方では、この点の倒錯には最大級のものがあった。楽隊の最後の一隊が通り過ぎ、弟妹たちの好奇心が満たされたあと、すぐに母は、私にこっそりと、ほんの数日後に迫った、彼女が受けねばならない手術のことを打ち明けた。明日もう入院しなければならないのよ、予定日を延ばすことはできないわ。母が自分から、癌を患っている、と言ったのだ。復活祭のお祭りは中断された。母と弟妹たちは、楽隊と民族衣装の行列が行ってしまうと、まもなくザルツブルクに帰り、深く打ちのめされた私を置き去りにした。記憶では、私が家に帰ったとき、住まいの中は冷たく、人気《ひとけ》もなく、すっかり野放図になっていて、隅々に、家族の上に降りかかった破局を感じ取ることができた。母はとうに手術を受けたあとだった。母は、自分の病気のことを、私に打ち明ける二週間も前に知らされていたのだ。つまり母は、何度かグロースグマインに私を見舞いに来ていながら、真実を話す勇気がなかったのだ。私がバスに乗って家に帰ったとき、家族はみんな病院の母のもとにいた。私自身、グロースグマインからさらに喜ばしくない知らせを持ち帰っていたのだけれど、それをすぐには家族に知らせたくなかった。私の肺は、グロースグマイン滞在が終わるころ、やっぱり傷つけられていたのだ。レントゲン技師は、右の肺翼の下部にいわゆる浸潤を発見し、グロースグマインの内科医も、それが肺浸潤であることを確認した。心配が現実となった。グロースグマインで私は突然、肺病病みとなったのだ。グロースグマインから放免されたその日のうちに、州立病院にいる母を訪ねた。母は手術をうまく切り抜けてはいた。だが、家族に対して医者は何ら希望を持たせることを言わなかった。家で私は幾日も祖父の部屋にじっと座り、その後、町中をあちこち歩き回った。当然ながら、この上ない絶望感に苛まれて。誰にも会いたくなかったから、誰にも会いに行くことはしなかった。グロースグマインを退院して二週間が経ったころ、健康保険から私のもとに「結核療養施設グラーフェンホーフへの入所指示証」なるものが送られてきた。指示証に留められてあった列車の乗車券を使って、私は旅立つことができた。

訳者あとがき
――トーマス・ベルンハルトの決断――

『息』は、トーマス・ベルンハルトが一九七五年から八二年にかけて発表した自伝五部作の第三作である。五部作は内容的に連続しているものの、それぞれ独立した単行本として刊行され、どの巻からでも読み始められるようにできている。邦訳はそれゆえ分かりやすさを考慮して、幼年期から小学校時代までを回想した第五作『ある子供』から始め、つづいて中学時代を扱った第一作『原因』、食料品店の見習いとして働いた時代を描く第二作『地下』の順に上梓してきた。つまり、第三作である『息』を翻訳では四番目に持って来たわけであり、残るは第四作『寒さ』のみである。

オーストリアの作家トーマス・ベルンハルトは、一九三一年に生まれ一九八九年に亡くなったから、昨年は生誕九〇年にあたり、コロナ禍があったとはいえ、現地では様々な催しが行われた。今年で没後三十三年を経たことになるが、今なお彼の本は多くの人に読まれ、新たなファンを獲得している。それはドイツ語圏の書店で本棚を眺めたり、劇場の催し物カレンダーを見たりしただけでよく分かる。いつもどこかでベルンハルトの劇や、小説の舞台化、あるいは朗読会などが開かれていて、途切れることがない。

この状況はドイツ語圏に限ったものではない。分厚いベルンハルト伝を著したマンフレート・ミッターマイヤーによれば、この作家のテクストは既に五十以上もの言語に翻訳されており、とうに世界文学に属するという。世界で初めてトーマス・ベルンハルト協会が設立されたのは韓国だったとのことだが[1]、日本でも八〇年代以降、コンスタントに翻訳が刊行され、特に最近の出版状況を見る限り、ちょっとしたブームと言えるのかもしれない。とはいえ、日本における外国文学の受容は昔に比べて随分規模が小さくなったし、ヨーロッパや南米のように文学がよく読まれる地域と比較すると、日本でのベルンハルト認知度はまだ充分とは言えまい。

こうした状況を踏まえ、本解説では、トーマス・ベルンハルトとは誰なのか、どんなものを書いた作家か、という話から始めたい。自伝の第三作になってそうした話をするのもおかしいかもしれないが、本作品『息』は、ベルンハルトについて多くの人が抱いているイメージを覆す本でもあるので、まずはベルンハルトに付き纏う一般的イメージとはどのようなものか、確認しておきたいと思うのである。

スキャンダルの作家

オーストリアの人なら、文学など普段あまり読まないという人でも、トーマス・ベルンハルトの名を知らない人はいないだろう。しかしそうした、名前だけは知っているという人たちが持っているイメージも、また、ベルンハルトを読んだことがあるという人たちが抱いているイメージも、実は随分と多様であり、この作家の様々な面の一つに光が当てられ、その一つが彼の代名詞のように独り歩きしているのではないだろうか。

そのような、ベルンハルトに関して抱かれるイメージの一つが、「故郷を罵る作家」、「反オーストリアの作家」というものである。このイメージは特に、生前ベルンハルトが起こした多くのスキャンダルと関係している。そうしたスキャンダルの中でも特に、作家が亡くなるわずか数か月前に初演された最後の劇作『ヘルデンプラッツ（英雄広場）』が起こしたものは、オーストリア社会全体を議論の渦に巻き込み、一大センセーションとなった。

背景として、その数年前、かつて国連事務総長を務め、オーストリア大統領候補であったクルト・ヴァルトハイムが、戦時中にナチス突撃隊（ＳＡ）に属していたという事実が暴露された状況があ

（1）Mittermayer, Manfred: *Zugänge zu Thomas Bernhard.* Zum 90. Jubiläum des Geburtstages von Thomas Bernhard spricht Dr. Manfred Mittermayer. (YouTube) 2021.

る。にもかかわらずヴァルトハイムは直接選挙で大統領となったが、これを機に、それまでナチス・ドイツの最初の被害者と見なされてきたオーストリアの、加害者としての側面が問題視されるようになった。ナチス・ドイツによるオーストリア併合から丸五〇年にあたる一九八八年に初演されたこの劇『ヘルデンプラッツ』の中で、ベルンハルトは、当時の、つまり八〇年代のオーストリア社会にも依然として反ユダヤ主義やナチス的精神が巣喰っていることを弾劾したのであった。タイトルの「ヘルデンプラッツ（英雄広場）」とは、三八年にヒトラーが演説し、多くのオーストリア人がこれに歓呼した広場の名称である。

「オーストリアではカトリックかナチでなければならない。それ以外、何も認められない、それ以外は破壊されてしまう。しかも百パーセントのカトリックか、百パーセントのナチか、どちらかだ」、「オーストリア人はとっくに死刑を宣告されている」、「国家は悪臭漂う致命的暗渠であり、教会は世界に広がる卑劣さだ」。こうした登場人物の台詞が初演前からジャーナリズムに取り上げられ、政治家をはじめ多くの人が、オーストリアを貶めるこの劇を、税金で賄われている国立劇場（ブルク劇場）で上演すべきではない、と主張した。そして、ベルンハルトに劇作を委託した劇場支配人兼演出家のクラウス・パイマンを追い出してしまえ、という主張もなされたのであった。とはいえ、ベルンハルトのテクストに繰り返し現れるナチズムやカトリックへの批判は、ナチス支配下で戦争を体験し、戦後は再びカトリックが抑圧的権威として君臨していることを感じたベルンハルトにとって、自然な反応だったと考えられる。いずれにせよ、トーマス・ベルンハルトがタブーを厭わぬ作家であったことは確かであり、多くの人が日々感じていながらなかなか口にできなかった問題を、はっきり代弁していたわけである。

そうしたこともあって、現在のオーストリアではベルンハルトを「国民作家」として持ち上げる傾向が顕著である。そもそも、ベルンハルトのテクストに頻出するオーストリア弾劾、故郷への罵りは愛情の裏返しなのだ、ドイツ語で言うところの「ハスリーベ（Hassliebe）」、つまり「愛するがゆえの憎しみ」なのだ、という指摘は、これまで繰り返しなされてきたし、ベルンハルト自身の発言によっても裏付けられる。「我々はハプスブルク帝国の過去によって刻印されて」いるのであり、それが自分の場合には、「オーストリアに対する一種の純粋な愛憎《ハスリーベ》の形で顕現している。結局、この愛憎《ハスリーベ》が、私の書くものすべてを解く鍵なのだ」[1]と、述べているのである。

「オーストリアとは、一つの喜劇だ。しかも何という喜劇か！」（『クラウス・パイマンはズボンを買い、私と一緒に食事に行く』）、といったオーストリアへの当てこすりをふんだんに含んだベルンハルトのテクストは、それゆえ常にオーストリア人に向かって、読者あるいは観衆としてのオーストリア人を念頭に置いて書かれている、と言えるのかもしれない。ベルンハルトは亡くなる直前、自分の作品をオーストリア国内で上演、印刷、朗読することを禁ずる、と遺言した。しかしこの遺言もまた

（1） Bernhard, Thomas: *Werke*. Bd. 22.2, Berlin (Suhrkamp) 2015, S. 252.

逆説的に、彼がいかにオーストリアを意識していたかを示している。

ベルンハルトの文体

亡くなって三〇年以上を経た今日、ベルンハルトのこうしたオーストリアへの愛憎《ハスリーベ》は、オーストリアの人々からは愛によって応えられているように見える。それは、本の売れ行きや、折りに触れての新聞やニュースの報道に、また劇場などでのベルンハルトに関する様々な催しのおりに感ずることができる。ベルンハルトの作品が上演、あるいは朗読されている会場にいると、それを見ている、あるいは聴いている人たちが、オーストリアへの様々な当てこすり、各地方や各都市についての悪口雑言を聴きながら、口元に笑みを浮かべたり、声に出してクスクス笑ったりしながら、まるで漫談《カバレー》でも聴くかのように楽しんでいる状況に出食わすのである。

そしてここに、スキャンダルの作家、反オーストリアの作家というイメージと並ぶ、二つ目のベルンハルトの特質、つまり、罵りや悪口を並べるなかにも、笑いを誘う独特のユーモアのセンスというものを指摘することができる。こうしたおかしさ、笑いの要素は、後期作品に特に顕著であるが、小説『凍《いて》』など、早い時期に発表された作品にも見出すことができる。(1)

ユーモアと並ぶ文体上の魅力としてはまた、「ベルンハルト・サウンド」とも呼ばれる独特の音楽的文体も、しばしば指摘されるところである。登場人物のモノローグが段落の切れ目なく、また、センテンスもなかなか終わることなく連綿と続くベルンハルトの文章が、なぜ悪文とされず、むしろ読者の理解にすんなり入ってくる心地よい音楽のように響くのかを考えたとき、それはやはりベルンハルトの文体ということになるだろうし、この音楽性をベルンハルトの最大の魅力と捉える人も多い。ベルンハルトの文体的特徴として、いくつかのキーとなる語、あるいはフレーズが音楽的モティーフのように微妙な変化を見せながら何度も繰り返され、テーマとその様々なヴァリエーションをなしているという点は、よく指摘される。例えば『地下』においては、「反対方向に」というキーワードがしつこく何度も繰り返されるし、病気は土曜日にこそ最もよく発現するというテーゼや、五部作全体を通じて頻繁に現れる自伝の真実性に関する言及にも、こうした特徴が顕著である。

死を描く作家

さて、ここまで述べたようなベルンハルトの特徴、彼に纏わるイメージは、オーストリア社会を知らなければ分からないもの、文体については、ドイツ語を知らなければはっきり理解できないものか

（1）『凍』に込められた笑いの要素については、ベルンハルト自身が『マロルカ島でのモノローグ』の中で言及している。Thomas Bernhard: *Werke*. Bd. 22.2, Berlin (Suhrkamp) 2015, S. 193-195. また、ミッターマイヤーは、ベルンハルトがある朗読会の際に予期せず観客が笑い出した反応に接して、初めて自分のテクストが孕む笑いの効果に自覚的となったエピソードを紹介している。Mittermayer, Manfred: *Thomas Bernhard. Eine Biografie*. Wien/Salzburg (Residenz) 2015, S. 285.

もしれない。それにもかかわらず、ベルンハルトは今日まで多くの言語で読まれてきた。ベルンハルトの実弟ペーター・ファビアン氏から訳者が直接聞いた話では、生前ベルンハルトは、他の諸言語に先駆けて日本語で出版したいという申し出が届いたとき、びっくりすると同時に、ひょっとしたら自分の書いたものは世界的に通用するのではないか、と初めて意識したとのことであった。現在ベルンハルトと言えば、グラスやバッハマン、あるいはハントケと並んで、第二次世界大戦後のドイツ文学において無視することのできない位置を占めるが、なぜ彼の文学は、オーストリアをはじめとするドイツ語圏のみならず、文化的距離を越え、他の言語圏でも受容されているのか。その理由を私は、これまで挙げたベルンハルトの特徴だけでなく、むしろそれ以上に、ベルンハルトが死を描いた作家であり、死に向かって歩んでいく存在としての人間を描いた作家であるからだろうと考えている。ベルンハルトのテクストでは、登場人物の病や死、絶望や狂気が描かれることが多く、「陰鬱さ」および「否定性」ということが、この作家に関しては繰り返し指摘され、これもまたベルンハルトに纏わる根強いイメージである。スキャンダルの作家、文体的魅力と並ぶ、三つ目の特質と言えよう。

ベルンハルトは、最初の成功作『凍』によってオーストリア国家賞を受賞したとき、受賞スピーチの中で、「死を想えばすべてはお笑い草だ」と言って、大顰蹙を買った。顰蹙を買ったのは、この言葉のあとに、「オーストリア人とは断末魔の被造物であり、国家は常に失敗へ、人々は絶え間ない卑劣行為と精神薄弱に向かうよう定められている」、と続けたため、これをオーストリアへの中傷と受け止めた大臣が怒って席を蹴り、授賞式が散々になったというのが実情である。しかし、私はむしろ始めの言葉、「死を想えばすべてはお笑い草だ」という表現にこそ、ベルンハルトのもっともベルンハルトらしい面が現れていると思う。

ベルンハルトが死をテーマにした作家であること、それは、主人公の死が示唆されて終わる小説『凍』にも、最後の劇作『ヘルデンプラッツ』にも当てはまるし、初期の詩集も含め、ベルンハルトが書いたテクストのほとんどが死を、あるいは死にゆく人を描いている。しかし、それがもっとも明白な形でベルンハルト自身の生に結び付けられているのは、自伝五部作、すなわち、『原因』（一九七五）、『地下』（一九七六）、『息』（一九七八）、『寒さ』（一九八一）、『ある子供』（一九八二）であろう。特に『息』と『寒さ』では、主人公トーマス・ベルンハルトが死病と闘う経過が語られ、これと並行して、彼がもっとも尊敬し愛していた祖父、ヨハネス・フロイムビヒラーの死、および、ほぼ生涯に渡って正常な関係を築くことができなかった母、ヘルタの闘病が語られる。生きることの悲喜劇を描き、死者の声を聴きつつ書いた作家ベルンハルトの姿は、自伝五部作を読んだときにこそ、はっきり見えてくるものであるし、噛みつき罵る人である以前に、傷つきやすい繊細な若者であったベルンハルトの姿を、ここには見出すことができるのである。

先ほど、ベルンハルトの作品に関して、「陰鬱さ」「否定性」といった側面がよく指摘されると述べたが、これについては作家自身、『三日間』（一九七〇）という記録映画の中で、次のように語っている。

作家という言葉で人々が何を思い浮かべているのか知らないが、これに関するいずれのイメージもきっと間違っている。私に関して言えば、作家ではなく書き手に過ぎない。ところがドイツとかどこかから、地方都市や大きめの都市、放送局、何かの催しの企画者から、招待を受けることがある。そこに行って登壇してみると、こちらは悲劇的な、陰鬱な作家です、と紹介される。極端な場合には賛辞の中や、似非論文の中でさえそうしたものとして紹介される。こちらはこれこれこういう部類に属する著者であり、作家であり、本は陰鬱、登場人物は陰鬱、風景は陰鬱、つまり今、我々の前に座っているこの人もまた陰鬱です、といった具合だ。こんな風に賞賛されても、黒っぽいスーツを着た何か陰気な塊といったイメージしか残らない。要するに私は、ベラ・バルトークが深刻な作曲家と見なされたように、いわゆる深刻な作家と見なされていて、そうした評判が広まっている。本来、とても悪い評判だ。そうしたとき、実に不愉快に感じる。(『三日間』)

確かに、自伝五部作を先入観なしに読んだとき、そこから浮かび上がってくるのは、人生を牢獄として呪う否定的作家のイメージとは異なる主人公の姿である。この点をこれから、『原因』『地下』『息』の三作に即して、具体的に見ていきたい。

死との直面

第一作『原因』は、第二次世界大戦中から終戦直後にかけて、ザルツブルク市で過ごした中学時代を回想したもので、主人公が十三歳から十六歳にかけての時期にあたる。ナチスが支配し、体罰が日常化した寄宿舎での生活を中心に、自殺願望、度重なる空襲、死と隣り合わせの防空壕での体験などが語られる。このテクストを、私が勤務先の大学で担当している「西洋の文学」という講義で取り上げたとき、学生の一人が、主人公は自殺をあまりに安易に考えているのではないか、とコメントしてくれた。確かに、『原因』の語り手は、若き日の自らの自殺願望や、周囲の人々が自殺したという事実を繰り返し指摘して、「もっとも感受性が強く傷つきやすい時期、学校に通っている時期とは、自殺を考える時期なのだ」、と一般化している。実際、祖父フロイムビヒラーの当時の手帳には、孫トーマスが自殺を試みた事実が記されている。(1)

若きベルンハルトの自殺願望の原因が何であったのか、推測以上のことは言えないが、彼の人生の捉え方にとてもペシミスティックな面があることは、様々な作品から読み取ることができる。「人生とは、刑の執行にほかならない、……生涯、ずっと刑の執行に耐えつづけねばならないのだ。世界とは、ごくわずかな行動の自由しかない刑務所だ。……生まれたとき、お前は終身刑を言い渡されたのだ……」(『寒さ』)「わしらは生きることを望んではおらん、にもかかわらず、生きねばならんのだ」

(1) Huguet, Louis: *Chronologie. Johannes Freumbichler – Thomas Bernhard.* Weitra (Bibliothek der Provinz) o. J. [1995], S. 252.

（『習慣の力』）「人生とは悲劇だ。せいぜいそれを喜劇にできるくらいが関の山だ」（『ある子供』）。こうした、主人公、あるいは他の登場人物の言葉として語られる人生観が何に由来するのか、正確なところは分からないが、ベルンハルトが死や人生についてこのように表現せずにいられなかった背景に、幼少期から大人になるまでの環境があり、また病があったことは、容易に想像できる。

とはいえ、『原因』には、若きベルンハルトの死に対する態度が決定的に変化する事件も描かれている。当時ザルツブルク市は空襲に晒され、空襲警報が出るたびベルンハルトは防空壕に避難したわけだが、壕の中では酸素不足で倒れる人が続出し、空襲のあと外に出ると、町が破壊され、あちこちに死体が転がっていた。初めは戦争にセンセーショナルなものを期待した学校の生徒たちも、本物の死を目のあたりにし、衝撃を受ける。

ビュルガーシュピタール教会の前の歩道で私は、なにやら柔らかいものを踏んだ。それを目にしたとき、人形の手だと思ったし、同級生たちも人形の手じゃないかと言っていたけれど、よく見るとそれは、子供の体から引きちぎられた本物の手だった。それを見た瞬間だ。米軍による故郷の町へのこの最初の空爆は、もはや少年の私を恍惚とさせる一大事件《センセーション》ではなくなり、このとき初めて、ゾッとさせる暴力の介入となり、大惨事となったのだ。……（ファニー・フォン・レーナート通りでは）今でも、麻布をかぶせられ、消費組合店舗の前庭に並べられた死体の光景を、はっきりと覚えている。今でも駅の近くに来ると、あの沢山の死体が目に浮かび、身内の人々の絶望した声が聞こえる。あの恐ろしい光景の中で動物や人間の肉の焦げる匂いが、今でも、いつファニー・フォン・レーナート通りに行っても、漂っているのだ。ファニー・フォン・レーナート通りでの出来事は、その後全生涯のあいだ私を傷つけてやまない決定的事件となり、体験となった。(『原因』)

牢獄としての生を打ち破ってくれる「一大事件《センセーション》」として想像され、いわば待望されていた戦争は、ここへ来て決定的に迫真性を増し、主人公は、死への共感から瞬時に覚醒する。とはいえ、自分を死へと追い詰めていく環境はその後も存続し、戦争中にはナチズムであったものが、戦後はカトリックに代わっただけ、寄宿舎の壁に掛かっていたヒトラーの肖像が十字架に掛け替えられただけに過ぎない。こうした抑圧状態は、戦争が終わったあと彼が転入した中等学校《ギムナジウム》において極限に達するが、このとき主人公は突然、すべてを覆す行動に出るのである。それが、第二作『地下』で描かれた主人公の決意、中等学校《ギムナジウム》を辞め、食料品店の見習いになることで、「反対方向に」進むという決断である。こうして『地下』では、主人公がザルツブルク市の貧民街で働いていた時代が回想される。十六歳から十八歳のころの話である。『地下』の副題はEine Entziehungという語で、これを私はあえて「ある逃亡」と訳したが、本来この言葉は何かから「身を引く」「逃れる」「離れる」「絶つ」という意味の動詞から来ている。ベルンハルトはこの時期、エリート校というべき中等学校《ギムナジウム》を辞めることで、社会的ステータスが約束された学歴を自ら放棄したのであり、自分が属する社会層の変更を、「反対方向へ」という表現で強調したのであった。決断の結果を語り手は、次のように振り返る。

一転して私は、強く、自然な、役に立つ存在になったのだ。行く手を阻む困難はまもなく克服された。それどころか、そもそも困難など何もなかった。……すべてはこれまでの存在からの離反であり、ほぼすべての点における正反対だった。……何年ものあいだ恐ろしい時代だと感じていたもの、それがここに来て、実際恐ろしい時代であったことが分かり、何もかも間違った考えで、誤りだったということが急に分かった。私はこれを望んでいたのだ。……人生を取り戻したのだ。それも、ある日突然、完全に手に入れたのだ。踵を返しさえすればよかったのだ、ライヒェンハル通りで。そう思った。ギムナジウムに行くのではなくて見習い修業に向かえば、学校の建物ではなくて地下に行けばよかったのだ。(『地下』)

ここでいう「地下」とは、具体的には建物の地下にある食料品店を意味しているが、実質的には、市民層の子弟が進む出世コースではなく、日の当たらない、最下層の、虐げられた人々の世界を選んだことを意味する。同時に主人公は、往年のソプラノ歌手から歌のレッスンを、夫である音楽学者から音楽理論の教授を受け、音楽の世界に目覚める。芸術の中に彼は、死に至らしめる教育ではなく、より自由な社会領域を見つけたということであろう。

そもそもこの自伝五部作は、私生児であった主人公ベルンハルトが、周囲の目を憚った母親によってオランダでひそかに産み落とされ、無名作家だった祖父の薫陶を受けながら、極貧の中で成長していく、主人公の社会化の過程を描いたものと言える。しかしそれは、学校教育に代表されるような、既成秩序の担い手やその従僕を再生産するための、国家によって制度化された社会化ではなく、人間の絶望や悲惨、狂気に寄り添う道であると同時に、時代の支配的価値観を異化し、これに疑問を呈していく存在としての芸術家への社会化、と解釈することができる。この意味で、ベルンハルトが祖父を「アナーキスト」(『ある子供』)と呼んでいるのは示唆的である。

『地下』の終わり近くで主人公の発病が示唆されているが、第三作『息』は、その発病の話から始まる。食料品店の店先で、雪の降りしきる十月のある日、トラックから数十トンのジャガイモを荷下ろしした際ひいた風邪がもとで、翌年の正月には急性肋膜炎を発症、高熱を発すると同時に意識を失い、家のすぐそばの州立病院に運び込まれるのである。当時彼が家族とともに住んでいたのは、ザルツブルク市のラデツキー通り一〇番地であり、州立病院は目と鼻の先にあった。彼が運び込まれるほんの数日前、祖父フロイムビヒラーも同じ病院に入院している。主人公ベルンハルトはそこで危篤状態に陥り、間もなく死ぬことが予想された患者が入れられる浴室に一晩中寝かせられ、神父によって終油の儀式まで施されるが、一命をとりとめる。ところが、自分の病状が落ち着いてきたころ、同じ病院でフロイムビヒラーが亡くなった事実を知るのである。ベルンハルトはその後、快復促進のため、ザルツブルク近郊の村グロースグマインの「療養所」に入れられるが、見舞いに来た母から、今度は彼女が死の病を患っていることを告げられる。

つまり、「反対方向へ」向かう決断によって一旦は生を勝ち取ったかに見えた主人公だが、そこに立ちはだかったのが、自分自身と家族のもとに突然現れた死神であり、そしてまた、死を機械的に扱うことしか知らない医師や看護師たち、病院という牢獄、そこで死んでゆく人たちと同居する状況であった。『息』の中で語り手は、病院を「災いと破局のメカニズム」と呼び、患者に対して問答無用の態度で質問にも答えようとしない医師や看護師たちを、「白い壁」と呼んでいる。

主人公が急性肋膜炎で病院に担ぎ込まれ、瀕死の状態で浴室に入れられて一夜を過ごしたときの描写は、当作品前半の山である。

今、私は生きたいと思った。……頭側に寝ていた男の息は、突然、止まったのだ。死にたくない、と思った。今、死ぬのはいやだ。男は不意に息をしなくなった。……看護婦たちは、男の呼吸が止まるのを待ちきれなかった、自分も呼吸をやめかねない、と思った。……私は、生きたかった。ほかのことはすべて、何の意味もない。生きるのだ、それも、自分の人生を生きるのだ。自分が生きたいように、生きたいだけ、ずっと。これは誓いではなかった。これは、既に匙を投げられてしまった人間が、自分の前でほかの誰かが息をしなくなった瞬間、心に決めたことだった。選択可能な二つの道のうち、この夜、決定的な瞬間に私は、生きるほうの道を選んだのだ。(『息』)

自伝の語り手は、一方では生を牢獄として描き、若き主人公を取り巻く世界を死に至らしめるものとして弾劾するが、他方では、死へと引き攫われそうになったぎりぎりの瞬間、頑として生を選んだ自らの決断を、繰り返し強調している。それは彼にとって、生というものが家族や社会、歴史、教育、病、国家など、様々な制度によって幾重にも束縛された世界、生まれた瞬間に問答無用で投げ込まれた「牢獄」であることを認識しつつも、むしろそれをはっきり洞察するからこそ、自分の生を勝ち取ろうとする決意であろう。自伝五部作を通じて顕著なのは、この図式ではなかろうか。

患者としてのベルンハルト

ベルンハルトの作品の多くには、重い病に捉えられた主人公が登場するが、彼らの病はほとんどの場合、呼吸器系か精神の病である。これらの病に纏わるロマン主義的イメージとして、病は感受性を洗練し、創造性を高めてくれる、という捉え方がある。そこから、天才としての肺病病み、天才でもある狂人といったイメージが生まれる。こうしたロマン主義的病観は、結核で死んだロマン派詩人ノヴァーリスをはじめ、「健康」と「病」がキーワードのように頻出するニーチェにしろ、また、進行性麻痺を天才の創造性を高めるものとして描いたトーマス・マンに至るまで、連綿と受け継がれている。「健康」を俗物の代名詞と見做し、病的性質を選ばれし者の符牒と見なすこうした捉え方は、明らかにベルンハルトにも読み取れる。病がもたらす認識の深化について、自伝の語り手は、祖父フロイムビヒラーに次のように語らせている。

病人は千里眼だ。ほかの者よりはっきりと世界のありさまが見えておる。……芸術家、とりわけ物書きなら、……ときどき病院に行かねばならん、本物の病院であれ、あるいは刑務所、あるいは修道院であったとしても。それが絶対の前提なのだ。芸術家、特に物書きで、ときどき入院することがないような輩、つまり、人生において決定的な、存在にとって必然的な思索の領域に入ることがないような輩は、次第に無価値の中に消えて行く。表層に絡みとられるからだ。(『息』)

病が感受性を研ぎ澄まし、認識を深めるという捉え方、すなわち、病と精神の関連を重視する見方は、それがどの程度に正しいかはともかく、患者を臓器としてしか見ない西洋医学の機械的人間観とは異なる。それはまた逆に、病に勝つか、病で死んでしまうかは精神の持ちようにも左右されるという考えにも繋がる(この点、マンの『ブデンブローク家の人びと』に描かれたハノー・ブデンブロークの死が想起される)。つまりベルンハルトは、生か死かの決定的瞬間に生きる道を選んだことを繰り返し強調することで、当時の自分が死への共感から生への意志へと舵を切ったことを宣言するのみならず、生きるか死ぬかを決めたのは病ではなく、自らの意志であったことを主張しているわけである。

もちろんこの主張は、「精神のほうが肉体を規定するのであって、逆ではない」(『息』)ことを力説した当の祖父があっけなく死んでしまうことによって相対化される。とはいえ、語り手でもある主人公は、最愛の祖父の死を嘆く一方で、祖父の死は自分にとって「解放」であったとも感じている。「新しい人生、それも、完全に自分だけに頼る人生」が開かれたと感じ、祖父の代わりに今度は自分が生きる番だということを自覚するわけである。祖父が遺した本の読書に耽り、文学に目覚めるのもこのころである。

『息』の中で当時主人公が読んだとされる作家や哲学者は、その後ベルンハルトの作品で繰り返し言及される人たちであり、ノヴァーリスとモンテーニュは、自伝五部作でもモットーとして、あるいは本文の中に引用されている。ショーペンハウアーの名も繰り返し出てくるが、オールスドルフに残るベルンハルトの住居（現ベルンハルト博物館）には、ショーペンハウアーの肖像画が掛けられており、彼がこの哲学者をどれほど尊敬していたかが推測される。なお、初期のベルンハルトはアーダルベルト・シュティフターにも最大級の評価を与えていたが、晩年は小説『巨匠たち』の中で戯画化している。

文学的・思想的影響については、ほかにも様々指摘できるだろうが、ベルンハルトにおいて最も重要なのは、「私はいつも、ただ私になりたいと思っていた」（『息』）という言葉どおり、他人のものではない、自分の生を生きること、文学においても、誰も書いたことのない、自分にしか書けないものを書くことであったと思われる。

自伝の主人公は祖父の死後、文学に、さらには音楽の世界に携わることを通じて、医者ではなく自分自身が死との戦いにおけるイニシアティヴをとり、生を奪い返そうと企てることになる。

まとめ

見てきたように、ベルンハルトの自伝の中では繰り返し病が、そして死が、認識を刷新するものとして、また決断の契機として機能しており、死神の足音を聞くことが生の覚醒として描かれている。その意味ではベルンハルトの自己物語に、ザルツブルク音楽祭で毎年上演されるホーフマンスタールの劇『イェーダーマン』の一変奏を見ることも可能である。死を直視することで自らの生を問う、そうした自己認識の物語として彼の自伝を読むこの読み方はまた、「原因」の探求という過去に向かう作業についても当て嵌まる。自伝第一作は『原因』と題されていたが、それはこのテクストが自分という存在の「原因」を探る試みであったことを示唆している。しかし、原因探求の作業は最初の作だけでなく、五部作全体に及ぶと見るべきである。戦争、寄宿舎、学校、店員見習い、家族、病といったもののうちに原因を探っていったところ、結局は幼少期に、そして生まれたときの事情にまで遡ることになったという、語り手の探求の経過が、ここには映し出されているのである。この点については、第四作『寒さ』を読むと分かってくる。

このように、自伝全体を通じて浮かび上がってくるのは、よく言われる「ネガティヴな作家」、すなわち、生を否定し、生まれてきたことを呪う、絶望を描く作家としてのベルンハルトであるよりもむしろ、社会の様々な制度や、時代の主導的価値観が孕む非人間的で、生を萎えさせる束縛に抗いつつ、生が牢獄であり死への道のりであることを認めた上で、それでも生への意志を貫こうとする、「ポジティヴな人間」[1]としてのトーマス・ベルンハルトの姿なのである。

*　　*　　*

翻訳の底本としては左の初版を使い、適宜 Suhrkamp 社の全集版を参照した。Als Grundlage der Übersetzung diente die Erstausgabe:

Der Atem. Eine Entscheidung. Salzburg: Residenz Verlag 1978.

『地下』の翻訳を刊行したあと、またしても長いときを要してしまった。ひどく時間を奪われる某学会の仕事を優先しなければならず、二年近く手を付けることができなかったためである。しかし今年度、勤務先の龍谷大学から国内研究員という大変ありがたい身分をいただき、授業や会議などの業務が免除となったおかげで、春のあいだにほぼ翻訳を終えることができた。そうしたものから免れるだけで随分仕事が進むものだということを実感した次第である。とはいえ、学生たちからはいつもエ

（1）「ネガティヴな作家」「ポジティヴな人間」という表現は、クリスタ・フライシュマンによるインタビュー映画『マロルカ島でのモノローグ』（一九八一）でベルンハルト自身が用いている。Bernhard, Thomas: *Werke.* Bd. 22.2, Berlin (Suhrkamp) 2015, S. 192.

ネルギーをもらっており、その意味で授業がないのは寂しい面もあるが、会議などの管理運営的仕事ははたで見るよりずっと時間を奪われるもので、妙な言い方だが、これまでは休みにならないとなかなか仕事が進まなかった。

この間、コロナ禍があり、オンライン授業など様々な対応に追われる一方、オーストリアに出かけることはできなかった。それでも以前、ベルンハルトの足跡を追ってザルツブルクの州立病院やグロースグマインのホテル・フェッタールを訪ねたときの記憶が翻訳に生きている。作中で触れられるバイエルンとの国境は、ホテル・フェッタールから歩いてすぐのところを走っているが、現在は小さい橋を渡ったところにEUのマークと、ドイツを示す標識が掲げられているのみで、パスポート検査がないどころか、そもそも人影を見ることもなかった。ときどき車が通過するくらいである。ベルンハルトに倣って私も川沿いにドイツ側の道をしばらく散歩したが、きれいな景色が延々と続くばかりで、きりがないので、まもなく踵を返してオーストリアに戻った。天気のいい三月の日で、ホテル・フェッタールでは事務所にいた男性が、宿泊客でもない私のためにベルンハルトの新聞記事をコピーしてくれ、彼のお祖母さんがここにいた当時のベルンハルトを覚えている、といった話をしてくれた。二〇一七年のことで、もう随分昔になってしまったが、謹んで感謝の意を表したい。

Ich bedanke mich herzlich bei allen, die mir bei der Übersetzung behilflich waren.

最後になりましたが、いつもながらなかなか進まない翻訳作業をお待ちいただき、訳文に関して適切なアドバイスを頂いた松籟社の木村浩之さんに、心から感謝致します。

二〇二二年九月
訳者

【訳者紹介】

今井　敦（いまい・あつし）

1965年、新潟県生まれ。中央大学大学院文学研究科単位取得満期退学。1996年からインスブルック大学留学、1999年、同大学にて博士号（Dr. phil.）。

現在、龍谷大学経済学部教授。

専攻は現代ドイツ文学、とくにマン兄弟、南チロルの文学、トーマス・ベルンハルトを専門とする。

著書に『三つのチロル』、訳書にハインリヒ・マン『ウンラート教授』、ヨーゼフ・ツォーデラー『手を洗うときの幸福・他一編』、フリードリヒ・ゲオルク・ユンガー『技術の完成』（監訳）、トーマス・ベルンハルト『ある子供』『原因』『地下』がある。

息　一つの決断

2023年4月30日　初版発行　　定価はカバーに表示しています

著　者　トーマス・ベルンハルト
訳　者　今井　敦
発行者　相坂　一

発行所　松籟社（しょうらいしゃ）
〒612-0801　京都市伏見区深草正覚町1-34
電話　075-531-2878　振替　01040-3-13030
url　http://www.shoraisha.com/

印刷・製本　モリモト印刷株式会社
装丁　安藤紫野（こゆるぎデザイン）
Printed in Japan

 ISBN978-4-87984-432-3 C0097